攔截送子鳥

蘇善◎著

Kai ◎圖

目錄

【第一部】送子之旅

【第二部】新移民來了

目錄

【第三部】化外耕地

【第四部】攔截送子鳥

第一部　送子之旅

1 念粒

世界上所有嬰兒全來自送子島。

也可以這麼說：送子島是人類的「製造工廠」。

不論膚色或人種，不論身處哪個角落，凡是想要孩子的人類父母，必須在心裡許願，讓熱切的祈求在內心濃縮成「念粒」，只要意志力越來越強，「念粒」的能量便會越來越強，直到「念粒」渾圓無瑕的那一天，自然而然地說出祈願。

不過，據說月圓之夜許願的效果最好。

當祈求者對著明月說出願望，那一刻，由口中吐出的「念粒」晶

晶亮亮，飄向夜空，仿若一條銀河絲帶乘風而上，一到高空便爆裂出璀璨的焰火，下一瞬間卻立刻風化為塵，頓時消失，無影無蹤。

然後，這些「念粒」微塵被風漸漸捲高，順著氣流的方向，最終飄到送子島上方。

有些人類或許心存懷疑揣想：「這怎麼可能？」

可就這麼一想，啥也不可能。

因為，只要有一絲絲雜想，「念粒」的能量便無法擴充到極限，什麼銀河絲帶、焰火全部無緣得見。因為有了懷疑，隨意許願成了空言，「念粒」的能量幾乎為零，頂多擦亮一丁點兒火苗，落在腳邊就不見。

「念粒」的結構因「人」而異，全憑人類的內心話為據，祈願越真、越善、越美，「念粒」的結構就會越強韌。

然而，不管「念粒」的結構多麼強韌，在空飄途中，「念粒」分子必然會有不同程度的遺失，因為宇宙的能量磁場一直處在不安的變動狀態中，磁力將如何影響這些「念粒」以及影響到何種程度，誰也說不準。

不過，人類父母求子的真心可賦予「念粒」飛行的意念力，載愛而飛的「念粒」因此得與送子島之間產生一股無形卻強大的感應，總是能夠朝著送子島的方位飛行。

這一趟飛行大致毫無阻礙，唯一險境是一處叫做「白水」的海域，它正好是兩塊大陸以及一串群島之間的三角形區域，白晝時，海面升起一層濃霧，無物可辨，黑夜時分，海面下會射出七彩光條，神祕詭異。

這一處三角形的「白水」海域有如一個磁場互相吸引又互相排斥的「洞」，一旦接近，不論什麼東西，大者如船隻，微渺者如「念粒」微塵，都會被這股能量漩渦捲入，幾乎等同被吞噬。

所以，只要能避開「白水」海域，就連來自極地的「念粒」，也能安然抵達送子島。

2 傳說

那麼，送子島在哪兒？

即便沒有親眼見到，人類就是喜歡繪聲繪影！譬如這一天，一個背山面海的小漁村喧鬧滾滾，有個捕魚人信誓旦旦地描述他的遭遇，說自己的船隻在海上遇難，船沉了，人昏了，不知經過多久之後，睜開眼睛一瞧，黑漆漆的，耳邊只湧來浪濤聲。

雖然海浪的怒吼近在咫尺，幸好腳底是踏實的。

「我把腳使勁地踩！踩！踩！」漁夫激動地模擬當時的處境，

「當我正在慶幸自己撿回一條命的時候，眼前突然飄過一個白色的鬼影子……」

「然後，更多的白色鬼影子飛來飛去……」漁夫的眼瞳閃著驚慌。

聽眾也揪起心口兒，無法動彈。

漁夫突然嘎然歇嘴，雙眼恍神地直視，彷彿鬼影子正飄到眼前，只見他雙唇發顫，叨叨絮絮地細聲說道：「它們……它們全飛向白……白……白塔……」漁夫全身顫抖。

「那裡會不會住著吃人魔啊？」人群中突然冒出一句。

「吃人魔？」眾人無不怔愣，彷彿軀體瞬間被冰凍了。

「我真的怕死了！不敢走動，只得窩在岸邊的礁石洞裡，縮著身骨，等著……等著……也不敢闔眼……可是沒辦法，體力耗盡了，最終還是昏昏沉沉睡去。」漁夫閉眼搜尋記憶中的一段空白。

「天啊！再一睜開眼睛的時候，我發現自己竟然在空中！」漁夫

繼續敘述。

「哇！」聽眾一陣譁然。

「只感覺海風吹得人濕濕暖暖又刺刺涼涼，我伸出頭左看右看，竟然瞧見一雙白色羽翼上上下下地振翅拍動，再猛回頭，哇！嚇死我啦！我在一隻大鳥的嘴巴裡！」

聽眾目瞪口呆，既羨慕又妒忌，心想這等玄奇又刺激的事兒怎不教我親身碰到呢！

「是！是！我當真在大鳥的嘴巴裡！」漁夫拍拍胸膛，露出倖存的驚悸，「我這會兒還能活著，就是那白色鳥兒救了命！」

「喔……」聽眾點點頭，也發出安心的騷動私語。

「那個島，到底在哪裡？」人群裡又冒出一句。

「說嘛，咱們也想去探探……」有兩三個人交換邀約的眼神。

「海浪洶湧而去……」漁夫把目光望向緲遠的海角，「航行了七

天六夜……哎呀！就是海中央再過去吧……」

話才出口，漁夫隨即後悔了，他心想：一連串的驚險這下子恐怕全部會被當成胡說啦！

「嘖！海多大、多寬啊，你說的海中央，怎麼尋哪？」

「再說說那鳥吧，怎麼會救人呢？」幸好又有人提問，轉移了焦點。

「這得換我來說！」

一個打獵裝扮的人從群眾裡挺胸而出，他拍拍胸脯說：「這個啊，問我最清楚了，那是送子鳥！」

「送子？鳥？」

「是啊，給人類送孩子，真真實實的！我在森林的溪邊見過一隻，那時候，我聽音辨位，尋找獵物，卻突然聽見幾聲嬰兒哇哇哭，我心裡想，是誰家迷路的孩子嗎？我得幫幫他！於是我摸近一瞧……」

獵人稍歇一口氣，瞄瞄聽眾的眼神是否射出期待。

「居然有隻白色的鳥兒從嘴裡吐出一個嬰兒，跑到溪邊，用尖嘴抽了幾口水，接著又叼起嬰兒放入嘴袋裡，抖了抖身子……」

然後，獵人搭箭拉弓，伏低了身子，意圖把當時的詭祕氣氛營造出來，眾人果然也跟著噤聲以待。

「我猜那鳥兒就要起飛了，機不可失！我又拉緊弓箭，可就在猶豫的一瞬間，一支箭不知打哪兒搶飛出來，咻！射向了鳥兒的翅膀！」

「哎呀！」眾人心焦。

「哎呀！我當時也是這樣驚呼，一邊覺得擔心，一邊覺得莫名其妙，那支搶先的箭是誰射的？那隻鳥兒有沒有受傷呢？」獵人轉瞬柔

軟了心腸，連語氣也變得輕輕緩緩。

「幸好，那隻白色鳥兒夠警覺，振翅飛高了，大概是沒受傷吧。」

「孩子呢？」一人問道。

「是啊，孩子呢？我趕忙跑過去，地上沒留下什麼『東西』，喔不！應該說是『嬰兒』，既然什麼也沒有，我猜想，嬰兒應該也沒事吧。」獵人說完，臉上泛起滿意的笑容。

「那就好……」眾人也鬆了一口氣。

「可是，聽說最近森林裡不太平靜……」

「發生什麼事？」

眾人交頭接耳，注意力又被轉移，卻是沒有焦點。

看來另一個口耳相傳的故事又將開始，許多人腳步未移，似乎沒有離開的意思，依舊興致勃勃地等待以及交換彼此的見聞。

3 送子島

傳說，總是在陸地上轉啊繞的，從這個口傳到那個耳，就是沒人親眼瞧見！

那麼，翻翻文字找找吧！

根據某個航海家的日誌記述：「我驚鴻一瞥地看到一個小島，那是一個浮在水面上的翠綠山頂，我下令船身盡量靠近，可是島嶼四周滿佈鋸齒狀的礁石，我們的船只能在安全的距離之外下錨。我猜想，那裡應該還有許多天然奇景，於是我派出幾個身手矯健的水手，他們勉強在礁石上爬行，通過了礁石區，卻頂多只能抵達峭壁底部，高聳

陡峭的懸崖根本無法攀登。海面上不時吹來時速二十浬的烈風，吹得我們的船帆鼓鼓膨膨的，我們的船無法在那個海域久留，我只能召回水手，望著在日光下深淺不一的紅色峭壁，敗興離開。」

這個記載大概是人類最靠近送子島的一次了。

儘管無法標定送子島的經緯，人類依然可以收到「嬰兒包裹」，無以數計的街談巷語也將繼續流傳，誘動好奇的耳目。

其實，送子島的確切位置毫不重要，畢竟，送子島既不需要也不歡迎人類造訪。

然而那位航海家所記述的，確有部分屬實，從海上來看，送子島是一個相貌原始而樸實的島嶼，實際上，它是一個「科技島」，所有機組置放於地下，地面建物只有位於島嶼中心的高塔以及其下毗鄰的小塔，兩塔同為白色，在閃爍的陽光之下，乍看相連，實則相隔一道

狹隘的裂谷。

高塔的塔頂有個接收網，網目極細，每一根網絲串連著吸附「念粒」微塵的靜電，它能三百六十度轉動，所以不管「念粒」微塵從哪個方向飄來，都能一粒不漏地被吸附於接收網上，順著網目匯入底部的中空網柱，再流進塔內的集流管。在集流管內流動的同時，這些微塵會化零為整，再度凝聚成一顆透明的「念粒」，進入輸運管，最後才抵達海底的「育子槽」。

「育子槽」是一個充滿營養的水質環境，可以把它看成一個超大型的魚缸，可是裡頭什麼魚都不養，僅有無數母蚌，動也不動地靜待著。

一旦「念粒」被輸運進來，待職中的母蚌必須立即張嘴承接，一隻母蚌啣住一個「念粒」，找到一個舒適的位置，再度靜置下來，隨

即執行孵育的工作，慢慢揉含「念粒」為「胚珠」，在日升月落之隙，灌注生命力，好讓「胚珠」漸漸化形，茁壯肢體。

「育子槽」內幾乎時時刻刻都在循環進行嬰兒的孵育與誕生，母蚌在孵育期間幾乎動也不動，唯一的活動就是吞吐營養與廢物。透過儀器監測，每一隻母蚌的情況都被記錄在電腦主機的記憶體。

整個孵育過程大概不會出現什麼問題，母蚌可以感受到「胚珠」變化的蛛絲馬跡，尤其是某種異常的突變，儘管如此，母蚌對於那些異常絲毫使不上力，畢竟「胚珠」來自於「念粒」，在「念粒」微塵飄洋過海的途中，宇宙的能量或許有所影響，卻是微乎其微。

也就是說，母蚌只是代理孕母，而送子島的科技與隱密也不過是在保證孕育的過程順利和圓滿而已。

相較之下，對於新生命最具關鍵影響力的，反而是來自於人類父母祈願的「純度」。

4 嬰兒的誕生

「嗚嗚嗚……」監控室響起一串警報鳴笛，監控員一抬眼便發現主螢幕已經自動對焦。

「報告！」值班的監測員拉起嘴邊的麥克風通報，「第X10－21211號嬰兒即將誕生！」

「嗚嗚嗚……」又是一串警報鳴笛，主螢幕分割成兩個畫面。

「報告！報告！第X10－21122號嬰兒即將誕生！」值班的監測員再次廣播，不知道是電路不夠順暢，還是音箱裡藏著幾隻蟑螂，吱吱喳喳的雜音讓人以為那聲音就是在發顫。

「來啦，來啦，我瞧瞧，我瞧瞧啊……」

一串啪答啪答的拖鞋聲，伴著沙啞的嗓音如旋風般鑽進監控室。

「巧啊！真巧啊！這兩個孩子住隔壁哪！」一陣雀躍從送子婆婆乾啞的喉間跳出來，一雙惺忪的眼睛瞧著螢幕右下角的嬰兒資料。

「真的！」連監測員也忍不住有些激動。

巧事不是經常發生！

尤其在這個年頭，很多人類不想生孩子，送子島幾乎處於「封島」的狀態，連帶使得監測的工作變得很清閒，甚至無聊到叫人打盹兒，往往得等上很長一段時間才會有「動靜」。所以，遇上這等令人振奮的喜事，別說是監測員忘了保持鎮靜，整個送子島彷彿在瞬間甦醒，也跟著這件巧喜熱鬧起來。

「稀奇！稀奇！」送子婆婆口中喃喃自語，目不轉睛盯著主螢幕。

螢幕上兩個分割畫面幾乎一致，母蚌緩緩張嘴，一串透明的泡泡也慢慢升高，直到水平面接連成一片，那是母蚌體內的空氣，摻雜著新生兒體內的廢氣，這種新陳代謝作用時時刻刻都在進行，只不過，平常的氣泡非常微小，只有透過放大鏡頭才看得到。

而此刻，是嬰兒的誕生，發育完全的新生兒必須脫離母蚌。

「瞧！小手小腳挺靈活的！」送子婆婆眉目之間透露欣喜。母蚌大嘴全開，柔軟的舌床上躺著一個全身粉嫩的小嬰兒。

在此同時，「育兒槽」上方一根透明的抽吸管緩緩下降，大約一半高度時暫停，改為橫向移動至新生兒上方，然後再度緩緩下降直到完全罩住新生兒。此時嬰兒的身子直立，有如自行站立一般，其實那是因為抽吸管內充滿強度適中的抽吸力，從流動的液體可以看出來，向上抽引的水流力量足以輸送新生兒卻又不會造成任何傷害。

「好！忙活咧！」送子婆婆一句話戳破巧喜的短暫雀躍。

監測員突然被震醒一般，恍然記起自己的任務，急忙伸手摸觸前方儀表板，掀開一個透明蓋再按下紅色大鈕，原本晦暗的圓鈕頓時放亮，轉為橘紅色閃爍不停。

這是緊急呼叫，負責任務的送子鳥必須馬上報到。

5 送子婆婆

　　送子婆婆的嘴角綻放一抹微笑，她腳步輕盈地進入資料室。

　　資料室就在中心塔地下的前洞，圓頂之下有四根支柱，形成拱門，周邊的石壁內凹為書櫃，分櫃分區存放著世界各地的求子資料，中央放置一張大書桌和一把椅子，樟木褪出歲月的暗沉顏色，瀰漫著濃濃的陳舊味兒，儘管如此，這一對桌椅仍然固守其位，一點兒也看不出腐朽的痕跡。

　　足夠照明卻又不刺眼的燈光從圓頂投射下來，送子婆婆繞著圓形的岩壁書櫃牆緩緩移步，架在鼻梁上的眼鏡因為瞪眼皺眉地搜尋而微微下滑，送子婆婆抬起右手扶了扶鏡框，把雙眼再睜亮一些。

「X10……」送子婆婆嘴裡說出目標，找到了書櫃站定，然後伸出兩根指尖拉出櫃內一本厚厚的咖啡色大書本，「找到啦！呼……呼……」送子婆婆噘嘴吹起一陣塵灰。

「瞧這歲月啊……」送子婆婆拉起袖角抹了抹封面，轉身將大書本攤放在書桌上，卻因此撣起一團灰塵。

「這地方可遙遠哪……」送子婆婆推了推眼鏡，讓兩個眼珠子的焦點落在鏡片中央，也同時落在書頁上。

「難得還有新生的希望……」送子婆婆喃喃自語。

算不清在這個房間度過了多少歲月，可是嬰兒誕生所帶來的興奮卻是亙古不變，送子婆婆的心上這會兒還怦怦跳著、鬧著哪！

送子婆婆坐進椅子裡，再把椅子挪向前，稍微挪動臀部，讓上半

身舒適地伏在案前。

書桌上整整齊齊的，也可以說是空空蕩蕩的，如果側著斜眼檢查，同樣可以發現一層薄薄的灰塵。

送子婆婆伸出手，從桌緣的筆架上抽出鵝毛筆，卻發現鵝毛筆尖已經乾涸。

「哎呀，生命也將如此，日漸乾涸嗎？」送子婆婆不禁感嘆，心頭的憂慮漸漸取代了先前的喜悅。

送子婆婆讓筆尖在自己的舌上潤濕一下，再探進小瓶內蘸了蘸墨水。

「晌午一刻，男嬰誕生，四肢健全……」送子婆婆忽然停頓，「哪個孩子不是這樣！人類父母的求子祈願裡一定會包含這個心念啊。」她自言自語，突然覺得這一句有些多餘，不過仍然決定將這個形容記錄在書頁上，「特徵，身手比例正常。」

「還有什麼漏了寫呢？」送子婆婆放下手中的鵝毛筆，身子靠向椅背，眼前浮起監控室大螢幕上的記憶影像。

「啊！」送子婆婆突然想起，那個男嬰異於其他新生兒，他沒像條蟲似地輾轉反側！

照理說，在母蚌張嘴的那一剎那，儘管母蚌已經盡量放慢動作，儘管「育子槽」裡只點了最低亮度的燈，幾乎所有新生兒在接觸環境光的時候都會有所反應，有些是立即翻身，有些是以手擋臉，即便只是緊緊皺起眼皮，那都代表著一個訊息：新生兒可以感應到環境光！

「可是這男嬰……」送子婆婆清楚記得那一幕，「這男嬰動也不動！」想到這個怪異，送子婆婆心中雖然充滿疑惑與擔憂，也只能如實記下：「但是據觀察，雙眼可能對環境沒有反應。」

放回鵝毛筆，送子婆婆嘴上嘟噥著：「都已經到了這節骨眼兒，什麼都來不及了！」

洞。

送子婆婆闔上書頁，推開椅子起身，心事滿腹地踱向隔壁的邊洞。

這個邊洞是送子婆婆的起居室，她拉開衣櫃抽屜，抽出兩條包裹用的白淨布巾來。

「唉！」送子婆婆又嘆了口氣，儘管新生兒出現異樣，下一階段的送子任務仍將繼續進行。

6 送子鳥

送子島上，當然還住著送子鳥。

這些送子鳥住在島上各處，以棲巢區分支系，包括住在大樹上的「巨木族」；住在岩壁的「崖洞族」以及住在灌木叢的「草原族」。每一個族系各有老、壯、幼三代，飛行年齡已高者不再執行送子任務而專注於培訓幼鳥，幼鳥則因尚未全面發育成熟，無法擔當大任，也就是說，送子任務主要落在經驗與體力皆優的壯年鳥。

「集合！」一聲吆喝。

那是「斷翅」指揮官喊的口令！啪啪聲隨即此起彼落，空降而下幾百副拍動的翅膀在瞬間收攏，受訓中的送子鳥全員聚集在懸崖邊的岩場上。

「接下來做肌肉訓練！」指揮官又下一道指令。

呱啦！呱啦！呱啦！

「嘴巴張大！發聲位置要用對！」指揮官也扯開喉嚨喊令，否則誰也聽不見他的聲音。

「很好！再來！」指揮官踏開腳步，昂首掃視面前的白鳥行列。

飛行和肌肉訓練是兩項例行操練，飛行因距離之需，分為短程、中程與長程三種，逐次、逐日提升飛行員的體能與耐力。肌肉訓練則在保養及維持嘴袋的彈性，以便在飛行途中提供一個舒適的軟床，盡量降低嬰兒的飛行症。

「不管有沒有任務，基本功越紮實，達成任務的機率越高。希望各位飛行員謹記。」指揮官再次耳提面命。

「是！長官！」白鳥行伍齊聲應答。

這「斷翅」指揮官出了無數趟送子的任務，經驗豐富，更可以說是身經百「戰」，「斷翅」之名便是在一次歷難不死歸來之後，鳥族們對他表示尊敬與讚佩的稱呼。也因此，每個飛行員對於「斷翅」指揮官的嚴格訓練沒有絲毫怨言。

「很好！」指揮官不忘在嚴苛中加入鼓勵，「明天的訓練目標是日正當中，日升即飛，這是考驗耐力與體力的第一關。」

通過第一關，第二關是夜間飛行，第三關就是穿越暴風雨。雖然偶爾有些菜鳥因為訓練而暗暗叫苦，但是每一位飛行員都知道自己擔負重責，因此向來不敢懶散，老老實實按照要求，完成各項操練。

「請各位全力以赴！」

「是！長官！」全員高聲答呼。

「斷翅」指揮官嘴角拉開一條滿意的笑紋。

「很好！現在解……」

「嗚嗚嗚……」

指揮官的解散口令被警報鳴笛打斷。

「崖洞族兩名飛行員出列！」指揮官檢視胸前的傳呼機，毫不遲疑便做出派員決定。

於是「崖洞族」ＸＹ１３５號以及ＸＸ２４８號送子鳥立即竄出行伍之外，咻咻疾飛，在最短的時間內抵達小塔待命。

小塔與高塔毗鄰並而立，中間隔著一道深而窄的裂谷，兩塔中央均有輸運管，只不過，高塔輸運「念粒」，而小塔輸運「新生兒」。

小塔頂部是一個圓拱形塔樓，樓內中央突起一個平台，上面覆蓋一個透明罩，其下連接輸運管。

送子婆婆腕上掛著兩條包巾等在那兒。

沒多久，一個新生兒出現在平台上的玻璃罩內，送子婆婆攤開一條包巾，以熟練的動作將新生兒包裹起來。

「哪，交給你囉！」送子婆婆將嬰兒輕輕放入ＸＹ１３５號送子鳥的嘴袋內。

「嘿，可沒把你給忘了喲！」送子婆婆轉身對著平台上第二個嬰兒說道。

送子婆婆再拉下腕上另一條包巾，紮紮實實地攏緊新生兒，以免這小淘氣在鳥兒的嘴袋裡不安分地亂動亂踢。

然後，ＸＸ２４８號也趨前承接新生兒。

「你們倆可得小心點，而且記住啊，別弄混了……」送子婆婆總是不忘叮嚀再叮嚀，畢竟這一次任務真的有點特殊，得去同一個村落！

7 遇上海盜

以往，遞送嬰兒的旅途總是一路平安，最近卻屢有事故，因為嬰兒急遽減產，在人類「物以稀為貴」的心態之下，送子之路變得障礙重重，誰也說不準什麼時候會從哪兒殺出一個搶嬰盜來。

因此「崖洞族」ＸＹ１３５號以及ＸＸ２４８號提高警覺，時而一前一後，時而一左一右地飛，互相照應對方，也注意著任何動靜。

儘管飛得戰戰兢兢的，這趟旅途對於「崖洞族」這一對夫妻來說，也算是難得的同遊經驗。

海面上，波濤洶湧如常，送子鳥夫妻讓陸地永遠落在左翼末稍之

外，一來可以掌握方向，二來可以遠離陸地，避開沿岸鳥群，甚至是漁民的騷擾。

太陽還在右前方的海平面附近，空氣中還殘留著昨夜的濕冷，趁著涼冽的晨風可以讓精神抖擻，送子鳥夫妻想多趕一段路，於是偕風比翼，嘴袋只咧開一條細縫，允許冷風一絲一絲被抽入，而不至於大口倒灌，凍著襁褓裡的新生兒。

海面漸漸炫亮起來，因為太陽又上升了一些，送子鳥夫妻必須稍稍偏頭，避開迎面而來的刺眼光線。就在這個時候，送子鳥夫妻瞥見前方一大片光霧之中出現一個黑點。

送子鳥夫妻心知不妙，對望一眼之後同時拉高身子衝向雲霄，希望還來得及藏匿自己的行蹤。

哪裡知道遠方的黑點已經倏忽貼近，一群大約十來隻的海盜鳥很快就環繞著送子鳥夫婦，也擺好了陣仗。

「別急著走開！呱！」

「留下買路財！呱！呱！」

「大爺肚子餓！呱！」

這一群「吃相難看」聞名的海盜鳥以為送子鳥夫妻叼了鮮美的漁味，因此緊緊咬尾而追，想要逼迫送子鳥夫妻吐出嘴內含物。

送子鳥夫妻並不慌張，他們忽而收翅爬升，忽而展翼緩降，試圖打亂海盜鳥的攻擊隊形，不過，這些素行不良的海盜已經慣於掠奪，任何抵抗反而激發其集體攻搶的戲謔興致。

「想逃？呱！」

「不把大爺們放在眼裡？呱！」

「還不求饒？呱！呱！」

海盜鳥呱呱呱地喧鬧，話語中同時帶著嘲弄與威脅，還不時以尖

喙刺擊送子鳥的羽翼。若是身形瘦弱的鳥兒此時怕已乖乖就範，可是送子鳥夫妻不屈不撓，不肯輕易順從海盜鳥搶奪食物的惡行，況且，嘴袋裡可是比食物貴重千萬倍的「魚貨」，豈可落入你口！

送子鳥夫妻對望一眼。

突然，一團什麼東西由「崖洞族」ＸＹ１３５號送子鳥的嘴袋吐出。海盜鳥群眼見對方已經屈從，乖乖張嘴交出了「魚貨」，十幾雙銳利的目光立刻轉移焦點，蜂擁而追，衝向那團墜落物。

因為飢餓，海盜鳥搶食之狠勁，完全顧不得同伴之情，精準的尖喙幾乎同時刺進海水，由於目標相同，爭奪引發了碰撞，碰撞又導致了盲目攻擊，一場混戰瞬間在波濤之上爆發。

這正是送子鳥夫妻的策略！

趁著海盜鳥群被誘開之際，送子鳥夫妻立刻俯降，全力加速飛離。

8 三階瀑

儘管已經將海盜鳥拋在身後，送子鳥夫妻仍然不敢大意，因為這些海盜鳥擅於飛行，其俯衝、加速、驟升、盤旋技術，無一不優於送子鳥，況且群起圍攻，對於此時負荷新生兒的送子鳥來說，實在沒有多餘體能跟他們耗鬥太久。

於是，「崖洞族」ＸＹ１３５號以及ＸＸ２４８號送子鳥夫妻低空疾飛，讓沿岸的植株氣味掩護自己，以甩掉海盜鳥群的追蹤，因為，當海盜鳥發現根本沒有什麼鮮魚的時候，他們的回攻速度必定更快，手段也必定更加粗暴。

的確，ＸＹ１３５號送子鳥嘴裡所吐出的根本不是「魚貨」，而是「石頭」！

石頭！

這是送子鳥欺敵的法寶。

送子鳥在接獲任務之初便須吞下一粒石頭，儲藏於食囊中，一旦遇上海盜鳥，才能夠在關鍵時刻將石頭吐出以便誘開鳥群。這一招很管用，因為餓昏腦袋的海盜鳥通常不會識破送子鳥的妙計，總是盲目追逐別人嘴裡吐出的任何東西。

「崖洞族」夫妻此番同行，僅用ＸＹ１３５號送子鳥的一顆石頭就騙走那些貪婪的海盜鳥，ＸＸ２４８號送子鳥的那一顆還留在食囊裡，這是為了謹慎起見，就怕偶爾會有另一群海盜鳥接踵而至。

經過一番纏鬥，送子鳥夫妻顯得有些疲累，所以，現在最好先去一個地方避開「風頭」！而不讓海風洩漏行蹤的方法便是：著陸！

送子鳥夫妻打算前往中繼站，他們再度向上攀升，為的是辨識中繼站所在的陸塊，唯有那兒才能提供安全的庇護。

從高空往下看，陸塊的形狀都不一樣，面積越大的陸塊越危險，因為人類習慣在寬敞的地區開墾，儘管送子鳥的任務就是要深入人類住處，但是在任務尚未達成之前，遠離人群跟躲避海盜鳥一樣重要！

一組群島出現在遠方，四個島嶼排列得相當緊密，如同一個「田」字，較大兩個島面東，地勢不高，向陽面均有小面積的低平沙洲和淺灘，因此不能排除人類活動的可能，不是理想的庇護地點；西南方最小的島看似一個火山錐，沒有半畝平地，也沒有港口或海灘，也不是合乎需求的補給站。

只見送子鳥夫妻熟稔地切入海岸線，與陸塊垂直而飛，尋覓著一個眼熟的山頂，此時，翼下的風已經少了濕鹹味，乾燥的空氣中混飛

著極細的塵埃。

不一會兒，一個L形山脊矗立雲下，這個山脊是全島的中樞，挺拔而陡峭。送子鳥夫妻飛向山脊，因為山脊迎風，氣流衝撞山脊形成集風牆，兩雙羽翼頓時加倍沉重起來，直到越過了山的肩膀，山勢緩降，一片茂密的森林如綠毯一般鋪了開來。

突然間，綠毯被切斷，森林邊跳出一條白練，把山背的腰部切開一道峽谷，在峽谷末端形成一個水潭，飄飛而下的水花潤濕空氣，原本參差的綠色竟轉成同一個色調的鮮亮。潭邊圍著粗糙的巨石，彷彿一個石壩，水面寬闊，水深難測，潭水倒映出林木的墨綠，幾隻大魚貼在石頭腳邊搖尾擺盪，潭邊的空地遍佈青苔。

沉穩的潭水徐徐流動，靠近山壁處有一個缺口，引開潭水繼續往下流，有如一條渠道，圓石露頭的渠道邊長滿了蕨類植物。

可是流動的潭水突然被腰斬，因為山勢再度驟降，第二段白練躍

入第二個水潭，之後又引開另一條渠道，平流一段距離，第三個陡降坡使得流水縱躍為第三段白練，也匯聚了第三個水塘，由於山勢已經低緩，此段瀑布涓涓細細，因此讓位居最下的水塘收了尾。

下塘邊錯落著幾叢灌木，塘邊小石不再滑溜，細碎的石頭甚至向外開闊成一小塊沃地，小草欣欣然搖曳其間，再過去則是另一片森林，吸納並貯蓄三階瀑布的水源。

然而，如果由海上來，只會發現島嶼四邊盡是高矗的岬角，眼尖的漁人頂多也只能看見懸崖邊的荒原，任誰也不會興起探險的念頭。

正因為如此，這一條三段式石階水瀑對於送子鳥來說，既容易辨認又相當隱匿，可以避開人類和海盜鳥的騷擾，的確是十分適合的休憩站。

9 森林藏弓

送子鳥夫妻在空中減速，緩緩下降，同時張開雙翼和尾部羽毛慢慢剎飛，因為此處已在背風面，少了氣流阻撓，著陸比較輕鬆，送子鳥夫妻已經飛抵下塘上空。

他們在下塘邊的空地上找了一個密實的草窩，小心吐出嘴袋裡的嬰兒，置入草窩內，然後一個飛縱，躍入水塘啜飲，並且稍稍走入深水區，垂下兩翼輕輕沾濕，再用嘴拉順每一根羽毛。

經過一路風塵和驚險，送子鳥的羽翼有些髒污和破損，想起海盜鳥的凶狠，即便身經百戰，「崖洞族」送子鳥夫妻仍然不禁哆嗦，不

為自身安危，而是擔心嘴袋裡的嬰兒！

嬰兒可是人類未來的希望啊！

「無論如何，這一趟送子任務必須完成！」ＸＹ１３５號送子鳥說道，接著便忍痛拔下被海盜鳥啄破的一根羽毛。

「啊……」ＸＸ２４８號送子鳥發出不忍的驚呼，目光流露憐惜之情，可是也只能眼睜睜看著伴侶堅強的舉動，這是必須的，否則破損的羽毛將阻礙飛行。

「沒關係！咱們得盡快動身。」ＸＹ１３５號送子鳥以相知的口吻回應，更是一心掛念責任。

送子鳥夫妻互相以嘴梳理羽毛，梳理完畢之後，各自再飲幾口清水解渴，伸展羽翼拍落水珠，準備步出水塘。

不料，無端飛來兩支箭！

送子鳥夫妻敏捷閃避同時抬頭目測，那些箭，似乎是從森林邊緣射出！

草叢！

送子鳥立刻記起草叢內的「包裹」，於是一個跳縱想要立刻飛到先前安置新生兒的草窩，可是，另外兩支飛箭也在同一瞬間射出。

「快！」ＸＹ１３５號送子鳥催促伴侶，「我掩護妳！」

ＸＸ２４８號送子鳥隨即壓低身體衝向草窩，打算叼起自己所負的布包，並且立即振翅起飛。

ＸＹ１３５號送子鳥則是決定暫時讓自己變成箭靶，同時伺機搶回布包。

可是，當兩隻白鳥伸頸去叼布包時，兩支箭再度逼近，送子鳥夫妻被迫各自閃躲，雙雙跌落草窩之外。

「呼！呼！」是人聲！

ＸＹ１３５號送子鳥聞聲大驚，此地怎麼會有人聲？

「呼！呼！走開！走開！」人聲裡充滿急於驅趕的意思！

「呼！呼！快走！快走！」又一次絕非善意的驅趕。

人聲噪響處忽然竄出兩顆人頭，兩個活跳跳的人類高舉手臂揮舞，從他們手上的弓和腰間的箭筒來看，先前的幾支箭肯定就是他們射的！不過情況顯示，兩個獵人只想驅趕，似乎沒有射殺白鳥的意思。

白鳥哪裡肯走！他們翻身拍翅，試圖再度趨近「包裹」。

又飛來一個東西！

兩隻白鳥只得跳開，因為這個飛來物比箭更大，直到飛來物落在草上，才能看清那是一支網，有一桿長柄加一面大網！

而且轉眼間兩個獵人已經衝到草窩旁！

眼見叼走「包裹」無望，白鳥終於放棄戰鬥，拍動翅膀急速飛向空中。

「嘖！真是頑固的白鳥！」一個獵人叨叨抱怨。

直到白鳥的身影終於沒入天色，兩個獵人才敢趨近，由高瘦面黑的獵人蹲低身子拾起草窩裡的布包。

「瞧！真是個嬰兒！」黑獵人指著一張粉嫩的小臉說道。

而在一旁露出微笑的是身形較圓胖的獵人，兩腮鬍渣，下巴掉出一層，下半身同樣掛著一圈圈的贅肉，五指更是肥短，他總是要求黑獵人跟他同時發箭，然後大言不慚地搶功大喊：「是我射中的！」誰叫黑獵人老實！他從不計較，甚至還感謝胖獵人一向記得照顧他的溫飽！

「嘿嘿，可以賣錢哪……咱們未來就靠這哪……」胖獵人盤算著。

「什麼？」黑獵人不敢置信地直搖頭，疑惑地問：「賣嬰兒？」

第二部　新移民來了

10 捕鳥人

草浪裡趴伏著兩個男人，草高過膝，隱蔽性佳，只是兩人不敢大意，仍是動也不動地趴伏其中。

這兩個男人，頭戴枯草色的獵帽，身著乾土色獵裝，一個舉長槍，另一個抓著網簍，他們專注地等待著，半個聲響也沒弄出。

突然間，蹦跳出來一隻蟋蟀，正巧落在槍管準星上。

「去！去！」一個沙啞聲努力壓低嗓音。

「噓！噓！」屏息以待的另外一個人忍不住緊張起來。

「去！去！」持搶者微微搖動槍桿，想要驅趕小蟲。

「噓！」

焦躁隱隱約約浮升上來，寓了半天沒有動靜，消息沒有搞錯吧？兩個捕鳥人心裡都想詢問彼此，卻是誰也沒開口，就怕稍有差池壞了全盤計畫。

「來了！來了！再靠近點兒……」一隻僵直的手指扣住扳機。

「現在！」

一聲令下！遠處低空中一隻白鳥旋即應聲掉落，他被射中翼骨，就在開展雙翼以低速飛掠荒原之時。

拿著網簍的捕鳥人衝上前撈起白鳥，持槍的捕鳥人立刻補上一隻手，揪住白鳥的頸子，然後從白鳥嘴袋裡掏出一個布包，隨即翻上網簍的蓋子，確保白鳥無法振翅逃逸。

「嘿！嘿！這下子可以好好吃一頓了……」

「我想洗個舒舒服服的澡……」

「然後到酒館喝個夠……」

兩個捕鳥人喜形於色，雀躍地跋涉草原，朝著懸崖邊的「交貨」地點前進，也同時先在心裡提早享受酒肉，嘴角嘖嘖噴飛唾沫，神情快意又滿足，與他們身上的狼狽完全兩樣。

懸崖邊的地面已呈光禿，寸草不生，其實是堅硬的巨石攏聚力量，盤護小島，不至於讓潮汐搬走一岩一石。

崖下的岩壁伸出兩三叢樹枝，一隻兀鷹在附近高空盤旋，不禁讓人猜想：「樹枝上可有巢？可有蛋？」

或者可以探身去查一查？然而，不會有人膽敢如此，因為那兒是幾百尺高的懸崖！正是因為如此，販嬰的勾當才特意選擇在懸崖邊進行交易。

兩個捕鳥人這一次運氣很好，不僅「撿到」嬰兒，還「活抓」了一隻送子鳥。

而胖佬所定的價碼是：嬰兒加白鳥，酬金加倍！衝著豐厚的獎金，兩個捕鳥人才千辛萬苦跑到荒原上守候，就是要等這一刻！

「把布巾打開！」胖佬下令。

懷裡揣著布包的捕鳥人趨前，讓胖佬「驗貨」。

「四肢健全的才能賣得好價錢，咱們做生意的，最忌謊騙呀！」胖佬邊說邊拆布包，布包裡的嬰兒終於有機會蠕動身軀，卻不知道自己正是「待價而沽」，被一雙肥腫的貪婪之眼從頭到腳地打量著。

「哎呀！不行！不行！」胖佬蹙眉瞪眼。

「怎……怎麼不行啊……」兩個捕鳥人異口同聲問道，口吻勉強壓抑驚愕，心裡卻是暗暗祈禱，可別又交了霉運才好！

「我說過不要女娃的，不要女娃！」

「可是……您瞧她粉粉嫩嫩的！」兩個捕鳥人堆出笑臉極力說好，就是想多多少少換些金子。

「讓我看那隻鳥！」胖佬神情不悅地遞出布巾和嬰兒，看來已經打消買意，「倒是這鳥難得抓到……」一雙骨碌碌的眼珠子還轉著別的念頭。

「那麼這鳥，照您看呢？」持槍的捕鳥人憋著惱怒和沮喪。

「我帶走！」胖佬這次倒乾脆了。「給他們一袋！」胖佬身邊一個高瘦面黑的老人遞出一袋東西來。

「裡面有多少？」持槍的捕鳥人隨口問問，兩隻手卻是迫不及待拉開布袋口，用手掌探入，掂了掂金子的數量，隨即露出滿意的笑容。

「這個數目可以！」捕鳥人緊抓著酬金，「嬰兒怎麼辦？便宜算，您一併帶走吧？」他提議。

「我要女娃做什麼？既不能賣就算廢物，你們自己處置！」胖佬面無表情地說。

「要有辦法，下回給我帶個白白胖胖的小壯丁！」胖佬終究還是無情的販嬰商人。

「行！行！」捕鳥人鞠躬哈腰，順手取下從後背滑落下來的槍衣，「憑我的技術，獵隻鳥有什麼難的？」捕鳥人信誓旦旦，給獵槍穿了衣然後甩上後背。

「最好是這樣！」胖佬不以為然地折損對方：「一分貨一分錢，休想占我便宜！」

「不敢！不敢！」捕鳥人又是欠身連連，一副巴結的諂媚臉色。

「諒你也不敢！」

胖佬撂下重話就走，身後跟著的一行人亦步亦趨跟著。不消片刻，所有人彷彿跳下懸崖似的，不見半個人影！

「這嬰兒怎麼辦？」提簍的捕鳥人問。

「扔下！」

「扔了？」

「對！咱們顧不了她！」

兩個捕鳥人果真把布包裡的嬰兒擱置荒原上，提簍的捕鳥人拉起布巾邊角草草率率往嬰兒身上遮蓋，是怕荒野的風沙刮了她？還是怕野獸咬了她？

另一個背著長槍的捕鳥人卻只顧著拎緊一袋金子，不時將鼓鼓的一袋撞得鏗鏗鏘鏘作響，然後提上眼前晃呀晃，如癡如醉地幻想著即將到口的醇酒與美食。

而那布巾裡的嬰兒孤伶伶的，不知日暮之後，只有黑暗。

11 烏娜

就在兩個捕鳥人忙著捕抓白鳥的時候，另一頭的草原浪波下還有個形體趴伏著。

那是一個女孩。

一聲突如其來的槍響凍結空氣，嚇得女孩動也不動地趴在原處，她全身顫抖，沒敢輕舉妄動，將身子壓得更低，幾乎緊貼著地面，以致於前胸被無法壓垮的草根抵擋而隱隱作痛。

可是女孩連大氣也不敢喘一個，她豎起耳朵偵察動靜，聽見了陣風掃過草葉的窸窸窣窣，聽見了嘰哩咕嚕的人聲，聽見了自己的心跳

乒乒乒乒。

忽然，女孩整個人蹦跳起來，因為她確定人聲已經飄得遠遠的，所以迅速起身，回頭朝著林木茂密處死命地跑，深怕那管長槍對準自己的腦袋，然後，一聲「砰」！

「萬一被壞人抓到就糟糕啦！」女孩心窩裡像塞了一顆石塊似地七上八下地撞，撞出逃命的勇氣，卻也撞出歉意和後悔，怪自己沒聽媽媽的話！

女孩在林子裡東奔西竄，卻是連一根樹幹也沒撞上！

「烏娜……烏娜……」

森林腳下有一條聲音尾巴鑽入女孩的耳朵。

「烏娜……烏娜……」這聲音是來自村子邊緣。

森林腳下的村子裡，一個風霜滿面的老媽媽站在石子路上喊著，

她的頭轉東轉西，幾乎是瞪起眼珠子，朝著房屋之間的空隙搜尋。

「媽……媽……媽媽！」烏娜也在大老遠便漫天地喊，上氣不接下氣地喊。

儘管氣絲微弱，就在聽見媽媽呼喊的那一剎那，烏娜的驚嚇已經掉落一大半，因為她知道：進了村子就安全！

「跑哪兒去了？」老媽媽失望地自言自語，「這個烏娜，老是不見人！要她幫忙哪……」可是她的臉上沒有慍色。

「媽媽，我看到陌生人……」女孩突然從一間屋子後方竄出來抱住媽媽的身體。

「唉……又來捉弄人……」媽媽以為烏娜在玩躲迷藏。

「真的！有陌生人！」烏娜仰著一張認真的臉保證。

「走吧，咱們得去幫忙。」媽媽拉起烏娜的手走向海邊。

烏娜只得吞下一肚子的話，也吞下剩餘的驚懼。

因為村裡的捕魚船回來了。

烏娜想把心思轉換到老爸爸的來歸以及滿簍滿籃的蝦和魚，可是才見著老爸爸，她的念頭便不受控制地一蹦，蹦到幾重山、幾片海之外！

「爸爸！爸爸！遇上什麼好玩的事？」

「烏娜……」老媽媽搖搖頭，皺捲了兩條眉。

「烏娜！讓我瞧瞧妳……」老爸爸倒是興奮地抱起女孩，一點也不在意。

「哇……」老爸爸顯得有些吃力地說：「妳又長大啦……」

「那當然！我天天跑山喔！」烏娜露出驕傲的神情。

「可不是！都不像個女孩子……」這是老媽媽的小小抱怨。

「沒辦法，不准我跟你去捕魚，我就當獵人！」烏娜義正辭嚴地說。

「先幫我提這個，」老爸爸將一串魚交給女兒，「故事啊，沿路說給妳聽！」

村裡其他孩子無不爭相觀看漁獲，只有烏娜想聽冒險故事，儘管如此，烏娜的老爸爸似乎已經見怪不怪，總是在出海歸來之後日以繼夜地回答女兒的好奇詢問。

「這一回，遇上可怕的事……」老爸爸突然面色沉重。

「可怕的事？」烏娜立刻仰頭，瞪大眼睛詢問，心裡也同時閃過自己先前心驚膽跳的經歷，可怕的事？會比我遇上的還要可怕嗎？烏娜在心裡問著。

「先別說什麼可怕的事啦，回家歇著吧。」老媽媽把兩人的對話和心思一併打斷了。

「好。」老爸爸看了妻子一眼，他知道妻子就怕這個小女孩的更

愛野遊啦。

「不如先說些有趣的事兒吧！」烏娜聽故事的興致依然高昂。

「行！」老爸爸寵愛地應允，他開始敘述：「有一天，我們正打著盹的時候，海上竟然傳來歌聲……」

「有另一艘船！」烏娜搶接故事，眼眸映照出水汪汪的水波，原來她早把自己放上隨波起伏的漁船。

「別急……」老爸爸摸摸女兒的頭，「我第一個念頭就想到海妖……」

「海妖，是瑟琳嗎？」烏娜心焦地問，她聽過海上女妖用歌聲引誘船隻撞上礁岩的故事，危險啊！

「瞧妳！」老爸爸搖頭發笑，「這還不算可怕的事……」怎麼又繞回可怕這個字眼呢？老爸爸立刻警覺，所以趕忙大轉彎，一口氣就把謎底揭曉：「原來是海豚唱歌哪！海面上一群海豚正在唱歌哪！他們還游到我們的船身附近，於是有人在腰間繫上繩子，叫人拉緊了，就這麼探身到海面上觸摸海豚哪！」

「真的？」烏娜的眼珠子閃閃發光。

「嗯！」

「爸爸，下回也帶我一起出海好吧？」烏娜一直如此殷切期盼。

「這得問妳媽。」老爸爸回答。

「哼！就知道又推給媽媽！」烏娜小聲嘟嚷，毫不掩飾地噘起嘴巴，心裡忿忿不平地想著：「我都十三歲了，怎麼說都該出去冒險啦！」

烏娜轉頭看了跟在後邊的老媽媽一眼，那種無動於衷的表情，不用問也知道，今年的答案跟去年的、前年的都一樣，說女孩兒在家學學廚房的本事就夠了，外面的生計是粗野的男孩幹的活兒呀……

所以烏娜也懶得再問，只是腳步跟心情一樣越沉越重，雖然手上提著一串魚，卻是聞不到大海的味道。

12 陌生人現身

老爸爸出海歸來之後的一段日子，烏娜待在家裡的時間會比較久一些，只為了聽故事，而老爸爸也總是鉅細靡遺地把出海的第一天到返航日之間所發生的大小事情全都說給烏娜聽，老媽媽因此得以抓住機會，讓烏娜學學廚房的活兒。

可是烏娜能幫的，大概只能跑跑腿，上村裡唯一的雜貨鋪去買糖和買鹽。

烏娜其實也相當樂意跑腿的，因為每次捕魚船歸來之後，雜貨鋪那裡也會出現新奇的玩意兒。

這一次，烏娜依舊充滿期待地踏進雜貨鋪，鋪內無人，只見店家在櫃臺後面閉眼休憩。

「叔叔，媽媽叫我來跟您拿鹽。」烏娜一進門就說明來意。

店家醒了過來，起身走到牆邊的櫃子上抓了一個小布袋放到櫃臺上，而烏娜打從一進門，兩隻眼睛便骨碌碌地轉，她四處遊走，東摸摸西瞧瞧，完全忘了所為何來，店家似乎也不以為意，他又在櫃臺後方坐定，準備繼續打他的盹兒。

「哇！這是啥玩意兒？」烏娜發現了一隻「木頭鳥」，一條線拴著牠，將牠懸吊在屋梁之下，露出一副展翅欲飛而不能的可憐模樣。

「這木頭鳥能飛嗎？」烏娜問道，她見過森林裡的鳥，羽毛五顏六色的，很漂亮，可是不像「木頭鳥」這樣翅膀硬梆梆的。

「能！能！據說還能鑽出雲層之上喔！」店家突然睜大一雙睏眼，眼神飛到老遠以外，好像他就坐在「木頭鳥」背上。

店家跟烏娜解釋，那隻木頭鳥叫做「飛機」，是古人發明的東西，肚子空空的，可以承載很多人，古人就是坐進「飛機」的肚子裡飛上天，從這塊陸地越過大洋飛到那塊陸地，許許多多「飛機」在天上飛過來、飛過去，大地就這樣被人一塊一塊分割、佔據、消耗。不久之後，很多地方慢慢變得擁擠，樹木被砍盡了，森林的動物慢慢死亡、滅種；水被喝光了，土地也漸漸乾涸、貧瘠。

「所以我們也是坐那種木頭鳥來到這裡的？」烏娜突然興奮起來，她心裡想：「要是我能坐上木頭鳥，就能到很遠很遠的地方去瞧瞧！」

「不是，那種玩意兒早沒了。」

「為什麼？」烏娜皺眉不解。

「因為沒有汽油。據說以前的人凡事都得靠汽油，沒有了汽油，

船啦、汽車啦、飛機啦，全都沒辦法動了，什麼活兒也不能做。」

「如果不是坐木頭鳥，我們怎麼來到這裡？」

「坐帆船囉！」

「像捕魚船那種嗎？」

「差不多。」

「喔……」烏娜滿腦子的興奮勁兒一下子就被潑了冷水。

坐上捕魚船去探險？

老爸爸根本不准她跟著去捕魚！烏娜心裡不禁懊惱，看來離開這裡去探險是不太可能了。

「唉……」烏娜嘆了一口氣，拎起櫃臺上的一小袋鹽，垂頭喪氣地轉身打算離開。

「閃開！」一個高壯的男人竟然又把烏娜往鋪子裡推。

「誰呀！」烏娜氣憤地抬頭質問，在這個村子裡可沒有誰會這樣無禮待人的！

「小女娃，妳走路怎麼不長眼睛！」對方的態度依然粗魯。

烏娜當然更生氣了，她瞪起眼睛逼視對方，一點兒也不畏懼，可是對方根本瞧不起一個小孩所以轉身不理，就在那一瞬間，烏娜發現對方背後的一把長槍！

一個不祥的聯想忽然閃過！

那是獵槍！烏娜想起自己的老爸爸也有一把，冬季不出海的時候，老爸爸和村裡其他大人就會一起上山打獵，可是，這會兒不是狩獵期！

而且背獵槍的這個人還是個陌生人！烏娜很快就聯想起那天在森

林裡聽到的槍聲，說不定就是這個人開槍的！

烏娜頓時忘記對陌生人發火，因為心思轉了向，她想：「這會兒可不能走！我得監探陌生人的一舉一動。」

於是，烏娜故意逗留在雜貨鋪內，胡亂摸這個、瞧那個的，其實耳目密切警戒著。

「我們要一些子彈。」陌生人對店家說。

烏娜這才發現，還有另外一個人也走了進來，他手上提著一只網簍，竹編的，網目大，烏娜不禁竊笑，拿那樣的網簍是要捕魚還是捕蝦啊？

等一下！他說：我們？

所以這兩個人是一道的？烏娜的腦袋突然卡了什麼東西似地無法運轉，她就是想不透：這兩個人，一個拿獵槍，一個提網簍，一起？要獵什麼呢？

「我們還想買點乾糧。」陌生人又對店家說：「得夠吃上十天半個月才行。」

十天半個月！

烏娜越想越不對勁，從這時候算起的「十天半個月」之後，仍然不是狩獵期啊，他們到底要獵什麼呢？

「不行！我得查清楚！」烏娜這麼告訴自己。

一旦有了行動計畫，烏娜反而不能在雜貨鋪內逗留，她一個箭步就衝出去，得先把鹽拿回家再說！

13 海島孤女

烏娜幾乎是用跑的！

儘管是一路爬坡，一抬腳就吃力，可是肢體上的停頓沒能減緩烏娜心裡的焦急，她埋著頭急忙趕回家。

這個村背山面海，屋舍沿著山勢延伸而上，大部分集中在山腳附近，就屬烏娜的家地勢最高，也最接近森林，所以烏娜算準這一段路程的差距，她心裡想，只要跑回家對媽媽交了差，說不定還能趕在兩個陌生人的前面，先躲進自己的祕密窩裡。

「媽媽！媽媽！鹽拿回來了！」

還沒進家門，烏娜便喊了起來，老媽媽一聽到聲音，也立即轉身拿起一個小籃，就等在門檻外攔人。

「就知道妳又磨磨蹭蹭的，」老媽媽一手遞出小籃一手接過鹽袋，「妳幫我去採些莓果，記得啊，天黑之前一定要回家！」

烏娜急忙伸出一隻手，那懸著的一隻手先遞出鹽包又接過小籃，不等老媽媽說完，烏娜幾乎是順著步伐又立刻轉往森林去，所以根本沒看見老媽媽在她身後又搖頭又嘆氣的。

採莓果是另一項烏娜樂意幫忙的活兒，最主要的原因當然不在採莓果本身，雖然莓果一把一把地抓進嘴裡咀嚼非常過癮，總是比不上能在森林裡無拘無束地玩上大半天。

誰叫烏娜沒有玩伴！

在烏娜的村子裡，除了大人之外，全是男孩，男孩們都得跟著父

親學習捕魚、打獵。因為沒有玩伴，烏娜只好往森林裡跑，每每一入森林便是樂而忘返。

「媽媽，為什麼村裡只有我一個女孩呢？」烏娜有一回忍不住發牢騷似地問起。

「這怎麼說呢……」老媽媽欲言又止，「或許男孩子用處比較多……」

用處？什麼意思啊？烏娜不懂。

「總之，以前大家都是許願要男孩……」老媽媽有些喃喃自語，心裡還掛著什麼事兒。

「可是，你們要了我，女孩……」烏娜突然湧出一股歉疚，別人家都有男孩分擔爸爸的粗活，只有自己的老爸爸總是一個人忙碌。

「妳可以來幫我啊！」老媽媽撫著烏娜的頭說道。

「我也能捕魚、打獵的！」烏娜亮起眼眸，望著老媽媽。

只見老媽媽那一張被歲月捏皺的臉，看不出來她此刻是不是有些後悔，烏娜就是覺得有一個大祕密懸著，她幾次嘗試伸手去探，卻像霧裡撈抓無形，只能抓回一團不確定卻隱約存在的困惑。

總之啊，日出日落不但無法改變烏娜孤單的事實，反而明明白白在老爸爸和老媽媽的衰老裡留下印記。

村子的生活如同日升月落，幾乎沒有外人來也沒有村人搬走，烏娜對此可是一清二楚的！因為自從有了記憶以來，烏娜一直是個旁觀者，看著別人上山下海！

所以當兩個陌生獵人出現時，第一個警覺的人就是烏娜。

「沒錯！沒錯！」烏娜邊跑邊告訴自己，同時想起那天聽到的槍響，一定就是這兩個陌生人在懸崖邊放槍的！

烏娜衝入森林，順著狩獵路徑奔跑，偶爾回頭注意後方動靜，沒去理會兩旁矮樹叢的莓果飄送浮香，甚至沒空吞嚥溢滿口中甜甜酸酸的唾液！

烏娜只顧著跑。

在這條獵人踏出來的路徑上奔跑一點兒也不困難，烏娜甚至可以閉眼摸路，可是此時不容耽擱，她得趕緊把自己藏匿起來。

「這兩個陌生人必定沿著狩獵路徑而來，」烏娜自言自語，「我得藏到盡頭的獵人小屋那裡。」

拿定了主意，烏娜左拐右彎，這森林像沒看見她似地隨她來去，蟲鳥也像沒聽見她似地不鳴不啼。

烏娜一會兒功夫便奔到獵人小屋前面。

一到屋前，烏娜忽然憋緊了氣，放緩了腳步和動作，躡手躡腳靠近門前，輕悄悄地推開一道門縫，然後湊上眼睛往縫裡瞧去。

14 獵人小屋

「沒人！」烏娜終於鬆了一口氣。「就是應該什麼都沒有才對！」

這可不是自己嚇自己，雖然這時候不是狩獵期，大概不會有村人來這裡，可是上回有隻狐狸竟然膽敢進入獵人小屋，就跟烏娜正面相迎，還用利爪在她的手臂上劃出一道血痕！

烏娜從此小心翼翼，儘管她總是把這兒當成私人小天地，也為自己的藏匿準備了必要的補給！

推門、進門、掩門，烏娜雙眼快速掃視，屋內陳設沒動，一張上

下鋪，鋪上各攤開一襲散發出濕霉味的被褥，鋪前兩根大柱往上頂住屋脊，梁下垂掛一盞油燈，內側牆面高處固定一片托架，兩個裝著燈油的鐵罐鏽鏽斑斑。倚著牆面還有一張木桌和兩把長凳，桌面凌亂，散置著前一批獵人杯盤狼藉之後的殘留物。

「噁！吃了什麼東西這麼臭？」烏娜掩口趨近木桌，發現一隻乾癟的老鼠屍體就卡在小鐵罐內。

「喔，可憐的小東西，」烏娜皺起眉頭，憐憫地說：「以為可以吃飽飽的，沒想到竟然死在裡邊。」

烏娜雖然心生嘆息，卻沒忘了自己來意，她移步走向最內側的牆角，那兒放著有一個圓形大鐵桶，全是烏漆抹黑的燒焦痕跡，因為獵人用它來燒柴取暖，柴薪堆在旁邊，而柴薪底下一片可以掀動的地板下就藏著烏娜的工具。

那一堆柴薪不算多，粗裂爆刺的表面仍然叫人難以著手，烏娜顧不得其他，她知道自己必須爭取時間，於是兩手急速抽薪搬柴，掀起其下一片地板，小心翼翼拿出一副陳舊的弓箭。她先將弓箭放置一旁，然後反向動作，蓋了地板又堆回柴薪，烏娜雙手互搓，抹掉手上的木屑和塵土，同時舒緩掌肉的紅腫刺痛感，拾起弓箭，轉身離開獵人小屋。

「他們很快就會到吧？」

烏娜把自己藏在獵人小屋對面的灌木叢後方，她睜著大眼窺視，大弓掛在肩膀，箭枝抓在手上。

這副舊弓箭便是在獵人小屋裡撿到的。管不得是誰遺失的，烏娜當時可是打定主意要學習拉弓射箭，於是不顧內心譴責將這副弓箭藏了下來。起先，烏娜在森林內練習，而且只拿不移不動的樹幹為靶，從未以活蹦亂跳的生物當做標的。可是，箭只有一支，每射一箭就得在林子裡尋上許久，才能將箭枝找回。

後來，烏娜改到森林盡頭的草原上練習，並且以遠程為目標，她使力開弓，將弦拉滿，彈指而射，可是，滿弦的後彈力往往打到她的手臂內側，擰出一塊瘀青來，右肩胛更是囤積了許多痠痛團塊。

可是，烏娜依舊樂而不疲，抓到空檔便丟開老媽媽的期待，直奔森林，非得射到手痠、跑到腳軟不可！

烏娜的射藝因此與日精進，只不過，她仍然是個孤單的小孩，一心期待跳出生活侷限去冒險。

「我拿弓箭做什麼呢？」烏娜此刻低頭看著手中獵具喃喃自問：「總不能射人吧？」烏娜抿嘴嘲笑自己，況且，他們有兩個人哪……

木頭搭蓋的獵人小屋雖然躲在茂密的林木底下，可是順著清晰的腳踏路徑，那兩個陌生人應當很容易找到這裡，烏娜於是壓抑氣息，專心靜待，她可不想在獵人小屋這裡洩漏了自己的行蹤。

窸窸窣窣！是樹葉拍拂。

鏗鈴匡啷！是金屬碰撞。

「終於來了！」烏娜身心進入全面警戒狀態，既緊張又興奮。

果然！狩獵路徑盡處慢慢浮升兩顆人頭，一前一後，兩個男人，頭戴枯草色獵帽，身著乾土色獵裝，一個扛長槍，長槍桿上掛著一個鼓鼓凸凸的小布袋，另一個提著網簍、一只鍋和一個壺。

忽然，砰一聲，前面那個扛槍的人竟然直接用槍托撞開木門，完全無視旁人或他物。

「真是粗魯！」烏娜在心裡嘀咕，卻又急忙摀住嘴巴，因為後面跟著的那個獵人倒是謹慎地回頭，兩眼犀利地逡巡屋外，偏偏他手上的金屬器物無法配合他的冷靜，兀自匡啷匡啷吵了一陣。

「快！先弄點熱的來填填肚子！」已經進屋的聲音說道。

「別急！別嚷！」屋外的聲音則試圖安撫，「小心屋外有耳！」

「緊張啥？這時候不會有人上來打獵，不是跟雜貨鋪打聽過了嗎？這種地方的村民作息老實得很！」屋內的聲音仍舊一派囂張氣焰，「快！弄點吃的，老啃乾糧，受不了！」

「我馬上弄！」屋外提鍋壺的人聽令，趕緊提步踏進獵人小屋。

獵人小屋門扇稍掩，看不見兩人身影，不過，根據聲響動向，烏娜能大致猜出他們正在架鍋煮食，不一會兒，柴薪霹啪的爆裂音以及冉冉漫流的白煙從門縫溢出，片刻之後，屋內陷入寂靜，可是隱隱約約中又有唏哩呼嚕的悶聲如深海之浪推推擠擠。

「這兩個人該不會只為了填飽肚子……」烏娜嘴上又忍不住嘀咕。

「走啦！」突然一聲吆喝。

烏娜急忙回神過來盯住小屋，一個大漢摸著肚皮走了出來，一把橫七豎八的腮鬍上還沾著食物糊料，底下的嘴骨左右磨動，臉上露出飽餐一頓之後的滿足，而這時候，獵槍是掛在他的左肩膀上，槍身光亮，拭上潤滑油嗎？十足要幹什麼勾當的模樣！

跟在後頭的男人倒是畏畏縮縮的，他瞻前顧後打點其他，網簍提在手上，甚至像離開自己家門一般，回頭關了門，然後又急忙邁步跟上前面真正當家做主的人。

「快！錯過這檔，我便宰了你！」發號施令的獵人回頭撂下一句。

宰？

這個恐怖的字眼讓烏娜呆了好半晌，魂飛魄散似地窩藏在原處，甚至忘了兩個陌生人已經走遠，而自己應該立即跟蹤才對！

烏娜的腦袋像被什麼劈開，一時之間，思緒無法串連起來。

15 販嬰船

海面出奇平靜，低空卻出現一大片雲。

「喔咿！前方有異樣……」椽桅頂端的哨眼放聲大喊。

頃刻間，原本橫陳甲板上的船員全部跳起身子，朝天瞪大了好奇的眼睛，爭相遠眺天象。只見那一片雲像長了翅膀，朝著船隻這邊緩緩靠近，更近一點就變大一點。

「讓開！讓開！」一個行動最遲緩的人粗魯推開人群。

那是船主人胖佬，臃腫的身形跟他的生意一樣，買賣越做越大，錢財越堆越多，野心也越滾越大，就是良心越縮越小。

而胖佬的最新也最惡毒的一個計畫就是要在這艘船上展開！

「趕快！把籠子提出來！」胖佬吆喝。

船艙入口應聲冒出一顆頭來，一個高瘦面黑的老人手上提了一只籠子，裡頭被囚禁的白鳥抬翅躁動著。

這個黑瘦面愁的老人，船員們都稱他「黑面副箭手」，這是胖佬給的「封號」，一來是因為他跟了胖佬十幾年，二來的確因為他是胖佬的「副」箭手，事事都聽主子的！

這對箭手，主副聯合，據說曾經無獸不獵，箭無虛發！譬如胖佬瞄準羚羊的側腹，「副」箭手對付羚羊的後肢，這麼一來就穩穩當當的，獵物即使沒有當場斃命也逃不遠。

胖佬每每自誇這樣的戰術非常人所能設想，只有自己的天才腦袋！

其實，誰都知道那是一個公開的祕密，胖佬每次非得跟這個

「副」箭手一起放箭不可，若非「副」箭手的箭法奇準無比，胖佬可就得喝西北風，豈能射到羚羊的側腹，恐怕連隻瘸腿的狐狸都跑得比胖佬的箭快！

「放出來！」胖佬高喊。

「快！快！現在！」胖佬急得又跳又喊，活像顆氣球就要隨風飄。

黑面副箭手打開鳥籠，鳥籠立刻剖成左右兩半，白鳥從中跳躍出來，在甲板上展開雙翼，不斷鼓動翅膀，助跑了一段距離，縱跳、收腳、振翅，最後終於飛入天空。

獨飛的白鳥很快就加入那一大片長了翅膀的白雲，然後，整片飛雲轉了彎，最後在船身右側的天空邊緣隱沒。

甲板上的船員們不明就裡，個個仰頭看著白鳥飛走，每一張因海

風戲謔而乾皺的臉上卻黏著諸多疑惑。

「你們當然不懂啦！」胖佬哪裡不懂船員們的表情，卻是故意賣關子，用嘲笑的口吻說道：「抓鳥、放鳥都有我的理由！」

那理由還是個天大的「陰謀」！

除了胖佬親信的副箭手之外，誰也不知道這葫蘆裡賣什麼藥，不過，船員們大概都能猜個十之八九，反正一定跟錢財有關！

「幹活去！」胖佬又一聲吆喝。

總之啊，胖佬凡事光靠一張嘴，吆喝東、威嚇西，船員不吭氣，全是看在錢財的份上，否則誰肯忍受胖佬的使喚！

唯獨黑面副箭手對胖佬言聽計從，半句頂撞的話也不敢講。

「沒問題吧？」黑面副箭手彎腰低頭附在胖佬耳邊問道。

「當然！」胖佬露出詭異的笑容，「追蹤器很厲害的！你等著瞧吧！」

黑面副箭手不知道胖佬打哪兒弄來「追蹤器」這玩意兒，聽說只要把「追蹤器」塞進白鳥的脖子裡，不管牠飛到天涯海角都能知道，甚至還可以找到白鳥巢穴所在！

胖佬千方百計，若不是為了買賣嬰兒，還能有啥？

「又是買嬰賣嬰！」黑面副箭手咬牙低聲咒罵，脫口而出的內心話來不及收回，害得他急忙緊盯胖佬，深怕胖佬被自己的嘟噥牽引出一絲一毫怒色。

「繼續追蹤白鳥群！」胖佬眉開眼笑，看來對於未來即將有所斬獲極具信心，「接下來，驗貨去！」

行動指令一下來，全體船員立即各就各位，很快就讓大船加速破浪，朝著「田字島」前進。

向來敢怒不敢言的黑面副箭手鬆了一口氣，幸好胖佬沒聽見自己的抱怨！儘管如此，黑面副箭手的心頭仍然感覺悶悶緊緊的。

「暫時還是這樣吧……」黑面副箭手再次忽略自己內心的感覺，俯首握捏拳頭，雙肩垂垮地走進船艙，準備陪著胖佬去接洽另一筆買賣。

16 又見白鳥

兩個外來獵人各持獵具，卻是什麼動物都不獵，他們兩個人急忙穿越森林，既沒有東張西望，也沒有操槍動手的打算，因為他們的目標在荒原彼端！

正確來說，這是兩個「捕鳥人」，他們再次來到胖佬告知的襲擊地點。

這兩個捕鳥人可以說是胖佬的「供應商」，以往都是根據胖佬提供的伏襲時間和地點出動，有時得等上個把月，目標才會出現，所以這一次他們仍然依據習慣買了一些乾糧準備借住獵人小屋。

可是情況在最近出現變化，糊鬍捕鳥人和提簍捕鳥人其實已經心知肚明的，自從胖佬有了「追蹤器」那玩意兒，他所提供的埋伏時間和地點就越來越精準，如此一來，雖然不必長久窩在獵人小屋裡，但是靠賞金過活的門路可能就要被切斷了！胖佬這傢伙，就怕被人分一杯羹，任何小錢都想撈的。

「不能有任何閃失！這次若是捉到上等貨，就來個獅子大開口……」糊鬍捕鳥人回頭對同伴說道，僅剩鼻尖之上外露的半張臉便能看出決心，不過，他心裡還有另一個盤算。

咻……咻……

風在荒原上開始晃蕩，一片草浪更是湧濤興波，沒動的，就是兩個捕鳥人。

這兩個捕鳥人趴伏在草浪裡，一個架好了槍桿，另一個撐開了網簍，兩人所有耳目都在等待天邊隨時降臨的聲響。

咻……咻……

從海上過來的另一股風也呼嘯而至。

「噓！噓！來了！」糊鬍捕鳥人扭動全身以便壓低軀幹，好讓視線透過準星跟著目標移動。

「近點兒……近點兒……」一隻僵直的手指扣搭扳機。

「射！」

糊鬍捕鳥人扣下扳機，遠處低空中一隻白鳥旋即應聲掉落，這一隻白鳥跟以前被擊落的同伴命運相同，就在翻越L形山脊繼續飛掠荒原之際，翼骨中槍，雖不至於立刻死亡，勢必墜地受到重創，送子的任務因而被迫中斷。

提簍捕鳥人立刻衝上前去搜尋白鳥，他根據落地撞聲判斷，循聲而追，卻發現白鳥理應墜落之處的草枝被壓出一道拖曳痕跡。

「這隻白鳥還不放棄！」提簍捕鳥人隨即低頭尋線，不久便在草叢裡找到踉蹌滾動的白鳥，他跳到白鳥前方攔阻去路，繞圈又繞圈，除了警告意味，他其實希望繞到白鳥尾翼之後再挑選時機下手，深怕被奮力掙扎的翅膀打中。

「還愣著幹嘛！」

從後面趕到的糊鬍捕鳥人口出怒言，毫不猶豫趨前，一手舉槍壓制鳥身，一手揪勒鳥頸。

「簍子，快！」糊鬍捕鳥人兩三下功夫便將白鳥放進網簍內，「你注意點，我要撈出嬰兒！」

「好！」提簍捕鳥人完全聽令行事。

糊鬍捕鳥人兩手用力撐開白鳥尖長的喙部，再以左手拳頭至手肘的前臂為柱，撐開上下兩片鳥喙，白鳥無法閉口，只得張嘴嗚咽，眼睜睜看著這個粗暴的人類搶走含在口中的「包裹」。

可憐的白鳥任人宰割，時間甚至落井下石，隨即召來更多做惡之手！

原來等在荒原盡處的胖佬已經不耐煩，急著想看新貨，於是喝令一行人劈草而涉，就在糊鬍捕鳥人從白鳥嘴裡撈出布包的那一刻出現。

「抓鳥！」胖佬一聲喝令。

幾個大漢衝上前，白鳥的頸子和身軀上忽然多出幾隻魔掌，白鳥根本無法動彈，兩眼露出哀痛，也失去了掙扎的力量。

「布包給我！」胖佬又扯開喉嚨大喊。

糊鬍捕鳥人心裡有千百個不願意，卻是無膽造次，只得乖乖將布包遞到胖佬手上。

「我瞧瞧……」胖佬心花怒放地解開布巾，「嘖！怎麼又是女娃！」

胖佬的態度和臉色立即一百八十度大轉變，隨手一甩，幾乎是「丟」開手中嬰兒然後調頭離開！

幸好黑面副箭手在同一秒鐘伸手接捧丟物，襁褓中的嬰兒才沒有摔落地面。若說他眼明手快倒也不盡然，關鍵是：他了解胖佬！何況這也不是第一次了，只要不是四肢健全的男嬰，下場都一樣，胖佬根本是鐵石心腸，就在這懸崖上，不知道丟下幾個嬰兒了！

「難道我只能默默憎恨胖佬的罪過而已嗎？」黑面副箭手心裡越想越難過，除了阻止小小軀體摔個粉碎，將之安置於草叢之上，目前看來的確別無他法啊！

「等等！等等！胖老大！」糊鬍捕鳥人急忙追趕，賞金既然拿不到，他打算進行預備計畫。

「沒有男嬰，其餘免談！」胖佬還在氣頭上。

「是……是……」糊鬍捕鳥人一時結舌，「不過我知道還有個地方有白鳥……」

「是嗎？」胖佬停下腳步，露出略感興趣的樣子。

此人沒領到酬金果真不死心啊！胖佬不屑地想。

「據說這附近的『三階瀑』也會有白鳥……」糊鬍捕鳥人轉述拾來的聽聞，「可是那兒只能從水路過去……」

「嗯……」胖佬讓回憶飄回十幾年前，那地方他去過的，甚至可以說：他的販嬰事業就是從那兒開始發跡的，他和黑面副箭手從兩隻白鳥口中搶下兩個嬰兒！可惜！偏偏是一盲一女！

「不如您派我們兩個去那裡！可是得有船……」糊鬍捕鳥人支支吾吾地說，「拜託您的船載一趟……」糊鬍捕鳥人拱縮身子，兩顆眼珠不敢閃爍地等待胖佬的反應。

「也成！」胖佬竟然爽快答應，「但是酬金得砍五成！」

強勢而霸道，正是胖佬令人咬齒咒恨的作風。

「是！是！」糊鬍捕鳥人笑顏逢迎，表面上順了胖佬之意，卻在心裡暗暗記上一筆，想逮到時機再來報復！

於是胖佬一行人順著懸崖邊緣前進，崖下的濤浪中停泊著一艘雙帆船。正當糊鬍捕鳥人覺得前無去路而納悶時，只見胖佬一行人一個一個小心翼翼從懸崖攀下。

糊鬍捕鳥人惶恐又疑惑地蹲在懸崖邊緣，伸出頭頸往下瞧，原來崖壁上掛著一串繩索，再細看，那是條繩梯！粗麻捆紮，以大釘固定於岩壁，胖佬一行人便是順著繩梯來回，難怪上一次糊鬍捕鳥人以為這些人是憑空來去哪！

17 拾嬰老人

烏娜回過神來，發現兩個陌生獵人已經走遠，立即抓起弓箭追趕，就在踏出森林邊緣時，一陣嘈雜的人聲擋住她的腳步。

「躲起來！」烏娜心念和肢體合一，當下就地趴伏，希望繁茂的野草足以遮蔽她的身軀。

一陣子之後，嘈雜的人聲像跳下懸崖一般，荒原瞬間靜默下來。

烏娜於是慢慢起身，打算放膽趨近一探。

嚶……嚶……草波之上又傳來聲音。

啾……啾……風浪裡捲起一串鳥鳴。

一陣模糊的人聲交談就在荒原盡頭那兒！

烏娜立刻把大弓甩到背上，將箭枝橫啣口中，像隻蜥蜴一般，四肢貼地而行，她以耳朵估算距離，在安全距離之處停了下來，稍稍抬高身體然後舉頭察看。

先前跟蹤陌生獵人未露形跡，烏娜可不想此時前功盡棄！

「唉……又一個被丟棄的嬰兒……」是一個嘶啞的蒼老聲音，

「我看看，若不是個女娃，就是跟你一樣……」

這像是在對某個人說話吧？所以還有另一個人？烏娜聯想起陌生獵人的粗暴模樣，不自禁顫動軀體，孰料因此暴露了自己。

「誰？誰在那兒？」另一個聲音問道。

誰的耳朵如此敏銳？烏娜大感意外與不解。

「誰在那兒？」

「嗚……」吐出一聲咕嚕，烏娜忽然意識到自己嘴裡正咬著箭枝，趕忙將箭枝取下補了一句：「是我。」

她竟然乖乖回答！

烏娜懊惱地起身然後快速打量對方，一個銀髮老者手拄木杖，兩個眼珠射出看透人心的銳利目光；相對的，另一個黑髮男孩就讓人覺得他是漫不經心的，一個頭好似頸上裝了彈簧圈的木娃娃，這邊擺擺那邊晃晃，眼睛始終沒有正經看著人家的臉，是個沒禮貌的傢伙吧？

烏娜發現老者正覷著自己。

「你是女娃兒啊！」老者若有所思地說道。

「女娃兒……」烏娜點點頭又搖搖頭，她指著自己鼻尖上說：

「我，是『烏娜』！」話才出口，烏娜立刻掩口，她心想：糟了！陌生人前面怎麼報了自己的名字呢！

「哈哈哈……」老者被烏娜的神情逗笑了，「瞧妳！別緊張啊，我們可不是壞人，起碼不像那些買嬰賣嬰丟嬰的惡人哪！」最後這句話竟然讓老人一臉和藹變得咬牙切齒。

「買嬰？賣嬰？丟嬰？」烏娜越說，眉頭越糾結，腦袋也越渾沌。

忽然，烏娜瞥見老者左手托著一個「東西」。

「那是什麼？」烏娜問道，把兩眼視線對準了，努力想從腦袋裡糾纏的亂絲中抽出一條線頭。

「嬰兒。」

「嬰兒？嬰兒怎麼會在你手上？嬰兒怎麼會在這裡？你們又怎麼會在這裡？」

烏娜一口氣問了幾個問題，自己頓時感覺整個人輕盈又清朗，對！問對了問題，也等於找到答案！

瞧著烏娜「忽暗忽明」的表情，老者又是咧嘴一笑。

「我們得趕緊把嬰兒帶回家，不然這小傢伙要嚎啕大哭了！」老者低頭望著布巾裡蠕動的嬰兒說道。

「回家？」烏娜驚異得瞪大眼睛，「你們也住在這個島上？」

烏娜可不信！因為，住在森林腳下那一村的人她可是個個認得的，而眼前這兩個人？她卻從來沒見過哪！

18 別人家

這島上，不就只有山腳下靠海的一個村落嗎？

一整個村子挨著山腳攀坡而居，個個都是熟眼的漁獵人，樣貌很容易辨識的。而這時候，不但跑來兩個陌生獵人，還有一老一小說他們也住在這島上！

烏娜百思不解！四目望去，從高處往低處走，懸崖、荒原、森林、村落、海邊，哪裡還有地方可以藏著別人的「家」呢？

「我懂啦！你的『窩』在哪兒？」烏娜剎時恍然大悟又興奮問道，因為她以為老者像自己一樣，還有一個祕密藏匿處！

「我知道妳住在山腳下的村落那兒吧？」老者反過來探問，「全村只有妳一個女娃兒吧？」

「嗯？」烏娜顯得驚訝，「怎麼你連這個也知道？」

「我還認識妳的爸爸和媽媽呢！」

「怎麼可能？」烏娜更驚訝了，「可是我的爸爸和媽媽從未提過你……」烏娜再次上下打量眼前的老者和男孩，腦中迅速浮起村人的影像，她想從中找到「符合」的人家，不管眼睛或鼻子或哪裡相像都好，只要能合理解釋這兩個人存在於此時此地！

「我們該走了。」老者話一說完便將布包貼近胸前，手肘盡量橫向朝外打開，幾乎是讓一隻左手臂懸在空中。

原本搖頭擺腦的男孩突然警覺起來，他探出手掌摸索，並且很快找到老者的手肘，右手掌便搭在老者手肘上，暫時動也不動，那樣子，讓烏娜越看他越像個木頭娃娃。

「走囉！」老者輕聲提醒。

原本動也不動的男孩突然像上緊發條隨即放鬆前的一顫，肢體再度靈活起來，他在原地略微抬了抬腳，一副準備跟老者一起邁開步伐的樣子。

這會兒換成烏娜變成木頭娃娃了！

哪裡不對勁呢？

看著一老一小慢慢離開，烏娜心裡的疑惑像冒泡泡兒似地一個一個竄升上來。

一老一少繼續向前走，老的走得緩而慢，不像是因為年老體衰所以舉步艱難，似乎是故意放慢節奏等待小的。而小的呢，永遠保持在老人的左斜後方，完全信賴老人的帶路！

荒原上，一老一少為了避開形成障礙的草堆而走出一條繞迷宮似的通道，漸行漸遠，眼看野草就要埋了兩人的肩膀。

「喂！等我啊！」烏娜剎時放聲大喊，一下子忘了方才的恍神是為了哪樁，就是有個衝動想跟去看看。

於是烏娜急呼呼地跑了一段。

追上一老一少，烏娜緩了緩氣，跟在老者身邊低聲探問：「我可以跟你們一起回『家』嗎？我實在悶得慌，除了這島、這森林，真希望還有個地方能讓我去玩玩，要是有玩伴那就更棒啦……」

烏娜沒來由地興奮，不顧陌生，忍不住便霹哩啪啦說了一串。

不過，那老者既沒動怒也沒嘲笑，他只是低頭看看手上布包裡的嬰兒再轉頭瞧瞧後面的男孩。這讓烏娜滿臉疑惑，真不知道這個拾嬰老人是否把她的請求聽進耳朵裡了？

「妳想跟我們回去嗎？」

怎麼反而是男孩提出問題呢？

「嗯……是……」烏娜回答得有些怯縮，因為男孩的聲音聽起來好威嚴哪！

烏娜有些發怔，兩片唇像被黏合了，只好在心裡補充解釋：「當然啦，突然造訪別人家是不太好，媽媽教過我的，因為村裡的人都有工作要忙嘛，可是，我應該有個伴！對！就是這個理由！既然不能找村裡的人，我當然應該去找『別人』玩！」

烏娜不禁得意地翹起嘴角，心想：這下子可為自己的任性找到好理由了……

「讓妳跟來可以，但妳得保證，不對別人講！」男孩加重語氣又強調一次：「不能洩漏我們住哪裡！」

沒想到烏娜腦袋裡的胡思繞了一圈又回過來亂想：「還不知道你們那兒好不好玩呢！」

「妳保證嗎？」男孩的口吻更加嚴肅。

滿腦子的怪念頭堵了耳孔，烏娜沒有立刻答應，她歪著頭，兀自心繫個人的願望。

「行吧？」拾嬰老人突然停下腳步，用木杖敲了敲烏娜的肩膀，「這可是很重要的。」

「什麼很重要？」烏娜回過神來，猛抬眼，卻瞧見男孩瞪出一雙灰濁的白眼瞪著她。

「哇！」一個踉蹌，烏娜差點兒跌坐在草堆上。

「你要嚇死人啊！」烏娜忍不住抱怨，「我不過是沒聽清楚你的話嘛……」才說到這兒，心虛生了歉意，她緩緩趨近，打算向老者求助，幫忙滅了男孩的瞋目怒火。

只見老者好似懂了烏娜的心意，他抬起木杖在男孩眼前晃了晃。

咦？怎麼不為所動？不，應該說，男孩一點反應也沒有！烏娜在心中思忖著：「照理說，一根木杖在你眼前晃過，眼皮總要眨個幾下吧？怎麼那男孩還是瞪著白白濁濁的大眼睛呢？」

「我想妳應該猜到了吧？」是男孩開口了，語氣變得溫和一些，就是眼睛仍然瞪著人，甚至左飄右移的，不把人看在眼裡似的！

「猜什麼？我怎麼也猜不到你們住在哪兒！」烏娜果真沒聽見男孩先前說的話，只是自顧自地揣想：這個「別人家」是什麼樣？是好玩的地方嗎？

「我說妳這女娃兒的心思也被白鳥叼走啦？」拾嬰老人這會兒真有取笑的意思。

「說到白鳥，我聽到荒原上有人在談這個，而且我還見過兩個怪獵人，其中一個提個大簍子……」烏娜猛然想起自己就是因此一路跟蹤到這荒原上的！

「是啊，白鳥又被襲擊，這次白鳥被捉了，嬰兒被丟下，就是這娃兒哪！」老人低頭望著布包裡的新生命。

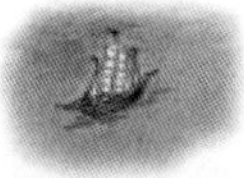

「你們怎麼會在這兒？幹嘛把嬰兒撿回去？回去哪兒？」烏娜發現自己又把先前的問題再問了一遍，原來自己老想著自己的「玩」，卻把身旁的「不尋常」給忽略了。

甩甩頭，烏娜想讓腦袋裡的混亂思緒自動歸位，並且決定從此刻開始忘掉「玩」的事兒！

「拜託，把白鳥的事情說給我聽吧！」烏娜懇求老者。

「行！」拾嬰老人點點頭，「不過咱們得先回家！」

拾嬰老人動了動左手肘，示意男孩再度邁步，烏娜立刻跟上，很快便抵達森林邊緣，又走一段路，烏娜發現自己已經回到狩獵路徑上。

第三部　化外耕地

19 祕密入口

東南嶼這片森林就像是烏娜的第二個家，所以一走進森林，烏娜的心情立刻愉快起來，醺醺然地深呼吸，想瞧瞧這些濃淡參差的綠是否變了新貌？

只見烏娜左顧右盼地向草木致意，好像多久沒來似的，而這會兒可得好好打個招呼！

因為回到狩獵路徑上，烏娜放心地走著，心中仍然熱切期待這一老一少即將帶自己前往的「別人家」會是什麼光景。

「嗯哼！」拾嬰老人突然清了清喉嚨，緩緩停下腳步，男孩感受

到老人手肘的阻擋因此也幾乎同時不再前進。

「這兒？」烏娜納悶地問，站在原地轉了一圈，想從樹蔭之下或者樹幹之隙發現熟悉的住屋。

「這兒哪有什麼『別人家』？」烏娜大失所望。

照烏娜估算，目前三人所在之處應該就在狩獵路徑中段，既不靠近山腳下的村落，跟荒原也拉開一段距離，如果往下再走個百來步，就能回到自己的「窩」裡去。

當然啦，我現在還不想把祕密藏身處告訴別人哪！烏娜心裡這麼想著：我甚至也不能露出半點熟路的表情來！

「你們家在哪兒？」烏娜於是裝出迷路的茫然。

拾嬰老人先是擋住男孩，後來向左移步，讓出一個並排的位置給男孩。

「接下來，由你領路。」拾嬰老人說完便暫時不動。

倒是男孩熟稔地跨出一步，放下右手，抬出左手向外摸索。

「不就是兩棵大樹嘛！難不成你們住在樹洞裡啊？」烏娜不知不覺讓心裡的話說溜了嘴。

「樹神會給咱們開門的，妳看仔細。」拾嬰老人用木杖點了點前面的兩棵大樹幹。

樹神？開門？不管有沒有樹神，沒門兒，這倒是烏娜十分確定的！

雖然眼前只有兩棵大樹互依互靠，根部附近全是茂密叢生的蕨類。乍看會讓人誤以為那是一棵必須幾個人才能環抱的粗幹，唯有趨近並且從側面審視，才能分辨出兩個明暗交疊的樹身！

就在烏娜疑惑不解的同時，男孩已經接近樹幹，只見他撥開蕨叢探身，整個人就埋進樹幹的交疊之隙，彷如海邊的浪潮滲入礁岩一般。

「喂！你怎麼不見了？」烏娜詫異地呼喊。

「走！跟上去。」拾嬰老人順著男孩的腳步前進。

這次烏娜變機靈了，二話不說便跟上前去，方才發現踏進了蕨叢之後另有一塊立足之地，寬不足以從外面察覺其存在，說小卻又足以容納人身！

然後，拾嬰老人也跟著鑽進樹幹之隙！

原來兩樹與蕨叢前後交疊，幾乎貼近地面之處形成一條與肩同寬的通道，烏娜顧不得其他，緊緊尾隨一老一少，也彎低了身子鑽入另一邊未知，她的心裡不但沒有驚懼，反而暗暗怪起自己大意，老在這森林來來往往的，怎麼沒發現這一條通道呢！

這蕨叢通道還要爬行多久呢？烏娜手腳觸貼濕潤的土石軟泥，除了凹凹凸凸所造成的疼痛感，一股冰沁的寒冷就從手掌鑽入全身肌骨，因此，當她被這些肢體上的不適考驗之時，自然無暇思索去向，只覺得一路緩緩下降著。

「我到底在哪兒？」烏娜在心裡叫苦，原本以為熟悉無比的森林，這會兒竟被蕨叢隔離出一個不明之境，此刻只好埋頭繼續前進了！

「啊！」烏娜突然撞到障礙。

原來是拾嬰老人的木杖！

揉了揉頭骨，烏娜仰頭一看，那對老少已經站立起來，烏娜於是迫不及待爬了出去，也為自己找到一塊起身的空間。

「這……這兒是什麼地方？」烏娜近乎痛苦地伸展肢體，語氣上卻極力掩飾疲累。

「這兒才只是入口。」男孩解釋，「接下來要開始朝下走，有些地方相當陡斜，記住，身體越貼近岩壁越好，用雙手觸摸岩壁來幫忙引導。」

烏娜瞧見男孩的頭又像裝上彈簧般轉啊晃的，不知道他的這些話是對誰講，不過眼前看來，「外人」只有自己！

「知道！」所以烏娜出聲應答。

「腳步放謹慎一點，跟著我就對了。」男孩又說。

「的確，下面這一段路就屬他最熟悉了，放心跟著吧。」拾嬰老人不知道什麼時候把布包斜拽在胸前，老早就空出一隻手準備上路了。

烏娜抬頭四望，這兒看起來跟森林別處沒有兩樣，只是濃綠更加墨黑，她猜測這一路必定是背光而行，難不成已經翻到山後？也就是說，距離自己向陽的海邊村子相當遙遠了？

還有，時間！經過多久時間了？

烏娜此刻終於記起媽媽的差事，那時候晌午未到，她跟蹤兩個陌

生人到獵人小屋又到了荒原上，聽見嘈雜的人聲談論白鳥的事，接著便遇見拾嬰老人以及一個總是翻白眼瞪人的彈簧頭男孩，她因為急於探訪這島上的「別人家」，所以爬進了蕨叢通道，而這會兒才知道：前路崎嶇又危險！

20 十字天

烏娜總是被告誡，到森裡玩可以，但是，一不能離開狩獵路徑，二不能跑到西北盡頭的裂谷邊上，三不能逗留於荒原，偏偏這「三不」老被她甩到腦後！

而且這「三不」早由禁止轉化為「鼓動」，沒有玩伴的寂寞進一步強化好奇，當好奇已經鑽過蕨叢通道之後，烏娜知道：再無回頭的道理！只是，她真不敢想像老媽媽氣急敗壞又擔心受怕的模樣，如今離家這麼久、這麼遠了，只好硬著頭皮迎向未知之遇。

「我們要走進山洞！」男孩提醒著。

才入洞內，烏娜剎時如同瞎了雙眼一般！

相較於入洞前的墨綠樹蔭，仍然隱約可見微弱光絲從樹葉間隙流洩而下，此刻卻是全面籠罩的漆黑！

漆黑滋生恐懼，烏娜不禁停下腳步，雙掌僵直地緊緊貼住岩壁，顫抖漸漸游漫身體，連自己都能清楚感覺到毛細孔的躁動與汗毛的竄揚。

「沒關係，別怕！先停下腳步。」拾嬰老人在烏娜身後說道，同時也在知會帶路的男孩暫停一下。

於是三人動也不動地靜候，等待烏娜的血液再次周流全身，尤其要打通跨步的勇氣閥。

「哇……哇……」老人拽在胸前的嬰兒卻在此時嚎啕大哭。

哇……哇……回音反彈灌入烏娜的耳朵。

「哇！」烏娜也開了口，是張口結舌的驚呼。

幸好她不是跟著嬰兒嚎哭！男孩和老人同時在黑暗中鬆了一口氣。

「這個山洞一定很大、很深吧？」烏娜的驚訝還沒收口。

嬰兒在老人輕拍安撫之下停止哭泣，山洞收了聲響，回復靜謐狀態，緊接著，不知道是誰捻亮了燭光，又像無數個小仙子提來了小燈籠一般，洞內頓時一片微明，雖然仍然闃暗，卻足以讓人也觸燃兩盞夜視的眼瞳，然後放心呼口氣息，吹滅心中的恐懼。

不僅恐懼已滅，烏娜甚至能探頭俯視腳下的空曠。

「那麼，我們繼續前進……」男孩的聲音雖小，同樣能在耳邊附近迴旋的氣流裡環繞幾圈才消失。

但是烏娜和拾嬰老人在第一時間便聽見了，兩人不約而同抬起腳，跟隨領路的男孩緩緩前進。

烏娜牢牢記住男孩先前的提醒，以雙手摸索岩壁，估量身體與岩

壁之間的距離，同時讓雙腳拖行，探觸足下表面的狀況，以免踢到任何凸起，這會兒可不能有任何閃失，萬一跌落下面莫測之深，後果不堪設想！

接下來，沉默與戒慎同時推進，推進的時間跟這個條洞穴通道一樣漫長。

烏娜盯著前面的男孩，他的身形跟洞穴一般昏晦、模糊，烏娜卻能感覺他的動作毫無羈絆，完全不似自己的舉步猶豫和怯膽。

就在烏娜終於適應沁涼與昏晦之後，越往下走，氣流及空間開始出現異樣，一束集中的熱氣由下竄升，從中剖切整個山洞的冷冽。

還有一縷光線從低遠處照射過來，這讓烏娜能夠看清楚腳下的懸岩走道其實還相當寬。

「瞧我嚇得咧！」烏娜細聲自嘲膽小。

「就快到了。」男孩宣布。

果然，氣流和光線已經融合為一股，烏娜仰望頭頂高高在上而且無法估量的深邃黑暗，對於先前穿洞過程的記憶，此時竟然無法拼湊完整，只能大約記得自己渺小的軀體被一團虛無推擠而漂浮於邊側。

這樣倒好，烏娜寧願記得洞外的明朗！

拋開驚懼，烏娜甚至已經呼吸到外面的空氣，有植物的香氣！跟這個山洞裡的濕寒氣味多麼不同啊！

「哇！」烏娜又驚呼，因為周遭突然放亮，她不得不立刻皺縮眼皮，瞇著眼睛窺視這初來乍到的陌生地。

洞穴的通道自上而下緩降，這是烏娜在扶著岩壁緩緩前進之時可以感覺出來的，如今腳下的土地平坦延伸，身體的傾墜感剎時消失，可是腦內因為必須重新找回平衡而出現短暫暈眩。

所以烏娜讓自己在洞口慢慢轉了一圈，猛抬頭才發覺天際竟然被岩壁佔據了！

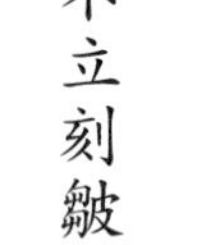

「哇！這是什麼地方啊？」烏娜不掩驚訝。

拾嬰老人和男孩兩人同時露齒微笑，這兩人打從走出山洞就不做聲，大概就等著烏娜問上這一句話。

「我們管這地方叫『十字天』，妳抬頭瞧去……」拾嬰老人也抬頭，以木杖指著上面說道：「看見沒？世界只剩個十字天啦！」

烏娜翹首仰望，身體為了跟隨景觀又轉了一圈，她發現周遭矗立四面山壁，高聳直達天際，肉眼可見的天空因此只剩下極少部分，老人口中所指的「十」字就重疊在三人站立之處，也就是兩線天交叉的中心。

「你們這兒的天可真小啊！」烏娜竟然開起玩笑。

「若要我說，我會說是這島被劈開了！」男孩也爽朗地談論起來，「我可以想像天神舉起一把大斧向這兒劈下來，大島裂成兩半，再一劈，咱們才有這個奇妙的『田字島』！」

「你看過嗎？」烏娜反問，「你又不是鳥兒，能飛上天去瞧！」

「我摸過被斧頭劈開的老樹頭……」

「老樹頭怎能比喻這島！」

「我能在心裡看見。」

「我要親眼瞧的！」

「這妳就別怪他了……」老人先是拉開兩人的話語交鋒，然後略帶悵然地感嘆：「這鬼斧神工的大地景觀啊，他生來就看不見的……」

看不見？烏娜突然一怔，不禁舉起手掌在男孩眼前揮了揮。

「喂！」男孩出聲又出手抓住烏娜的手掌。

「你明明能看見我的手啊？」烏娜疑惑。

「事實上，我是感覺空氣的流動，」男孩解釋：「以及一些晃動的黑影。」

「所以你是『感覺』到我站在這裡？」

「可以這麼說。」

「所以你一直都沒看見，我的意思是……」烏娜腦袋裡有一列影像快轉，「打從在荒原那邊開始，然後進入山洞……」

男孩點點頭，然後又開始盪起彈簧頭。

對了！就是那副樣子，烏娜早被男孩的神態困擾著，這下子終於明白了！原來男孩只能捕抓黑影，無法瞧見這大地的原貌！

烏娜剎時愧疚滿胸，靜默地站著，像被老媽媽數落時一樣，心上壓著一塊大石頭。

「從上往下看，是個『田』字島，懸崖阻隔人類的腳；其實島的底部相連，由下往上瞧，就剩個『十』字天，所以說『田字島』或『十字天』都好，總之咱們落戶在這兒！」拾嬰老人打了圓場，「不過，這還不是咱們住的地方。」

「來吧，還是我帶路！」男孩又恢復搖頭晃腦的神態。

21 又一村

「你們到底住在哪個遙遠的地方啊！」烏娜心裡嘀咕著。

拾嬰老人已經跟上男孩的腳步，烏娜仍然佇立著，她再次仰望頭上的「十字天」，然後環顧周遭的「田字島」土地，努力分辨方位並且記住路線，揣想或許往後可以經常來訪，這地底之境應該不會比自己的森林還要難闖吧！

忽然間，烏娜恍然大悟，自從走出山洞，男孩便一直站立不動，不像烏娜因為興奮和好奇轉了又轉，一說要帶路，男孩立刻毫不遲疑地轉向洞口右側邁步，原來他的心眼早就找到了方向！

「喂！」男孩的聲音傳來，「妳怎麼沒跟上？」

催促聲讓烏娜乍醒過來，望著男孩的背影，她心裡既納悶又佩服地想：「他甚至不用回頭就知道我沒跟上！」

烏娜只得快步追去，原先對「別人家」的好奇，此時又加上對「別人」的胡思亂想，想這眼前的一老一少，幹嘛走這麼遠的路到荒原去撿一個嬰兒？

一路上，烏娜左顧右盼，漫不經心的，所以又忘了時程與路程，只感覺這四面崖壁之間的狹路有風呼呼灌入，再抬頭時，卻發覺遙遠的十字天像被罩上一片薄紗似的，不知在何時已經轉為沉甸甸的暮色。

「接下來要往上爬……」

「什麼？」烏娜張口結舌，她心裡無聲叫苦：幾乎走了大半天，怎麼還要爬山哪！

「馬上就到了。」拾嬰老人從頭至尾和顏悅色而且絲毫不見體力耗損的疲態。

烏娜早已用兩手壓撐著逐漸有些麻木的大腿，好似駝負著吸附疲累的海綿，吃力地跟著一老一少走上斜坡……

「哪！到了！」男孩宣布。

只見男孩高高站在坡頂，用手指著前方，終於給了烏娜一直期待的答案。

「那兒，就是我們的村莊！」

拾嬰老人則是對著胸前布包裡的嬰兒溫柔地說：「你到家囉……」

嬰兒蠕動一下，聽得懂話似的，抬了抬眼皮，然後繼續沉睡。

此刻的烏娜已經匱乏無比，也想學嬰兒呼呼熟睡，即便心裡有再多的興奮，卻是抬不動雙腳衝向坡頂，她的腳脛像綁上鐵鍊球一般慢慢拖行，好不容易才跟著登上坡頂。

「呼……」一口大氣來不及呼完，剩下一大半還憋在胸口，烏娜頓時變成不能動、不能說的石像，一隻手卻是懸在空中，指著山坡另一側。

「又……又一村……」烏娜嘴裡叨叨念著，因為一時間找不出任何形容。

從坡頂朝下望，一盞盞昏黃的燈既稀疏又密佈，背景是日光與暮色揉合而成的薄薄的一層寧謐氛圍，其間偶爾可見移動的黑影，如同影偶一般忽隱忽現。傾刻之後，幾縷白煙竄出，原先靜止的畫面頓時活躍起來。

「妳不想下去啊？」男孩側著頭查詢烏娜的動向。

「喔……想……」烏娜此刻終於被驚喜喚醒了，「真的是另一個村莊！」

「走吧！」拾嬰老人也轉身招呼烏娜。

於是三人緩緩走下坡。

坡不陡，男孩依舊走在前頭，雙腳自動識路般滑行，同時伸手左右探索，烏娜因為已經知道男孩眼盲，此刻不禁替他有些擔心，深怕他一個踉蹌而滾落坡下，可是拄杖跟隨在後的老人卻是毫不關切，只顧著托擁胸前的襁褓。

走下山坡之後，三人來到一處寬敞的空地，空地中央佇立一棵大樹，枝葉濃密，因為夜幕漸垂，烏娜無法看清那棵樹的姿態，只能藉由不遠處投射過來的光影裡看見粗壯的樹幹。

男孩伸手探觸樹幹，隨後張開手臂趨前環抱，然後欣喜地說道：

「我們回來了！」

「回來了！」不知道打哪兒冒上一聲回答。

「回來啦！」

「回來囉！」

緊接著又有更多回答竄出來，烏娜不禁打了一個冷顫，驚懼地東張西望，這才發現周遭連續亮出一格又一格的燈光，光格裡竄出一些黑影而且都是朝著自己而來！

「啊！」烏娜驚呼，趕緊躲到老人身後。

黑影全部包圍男孩，而且也學男孩一樣，環抱大樹、環抱男孩也彼此環抱。

原來那是一群孩子！烏娜終於放心地站了出來，嘴角也拉起弧線，欣賞眼前那一幅歡欣。

「米兒！」

拾嬰老人呼喚什麼呢？烏娜猜著。

孩子群裡鑽出一個女孩，跑到老人面前謹慎地聽著話。

「妳帶這個女娃兒回妳家，款待她吃喝睡覺，其餘的，等明天再說！」

「好！」被老人稱做「米兒」的女孩立刻牽起烏娜的手。

「妳跟她去，一切等明天再說好吧？」拾嬰老人轉身對烏娜說道。

話一說完，拾嬰老人便逕自離開，孩子們也簇擁著男孩朝其他光格走去，烏娜只好聽從老人安排。

直到自己也接近其中一個光格，烏娜才發現那是一個門，亮光從門裡透出來，而門內就是「別人家」！

22 烏曲

烏娜不知沉睡了多久，再醒過來時，種種驚懼和疲累沒有半點殘留，坐在臥鋪上的她感覺通體舒暢，腳一落地，全身又輕巧得跟森林裡的小鹿一樣。環顧這個「別人家」，竟然跟自己家沒什麼兩樣！有桌有椅有臥鋪，最遠的一頭是立了根煙囪管的料理角，側邊開個小窗，順著窗邊看過來便是大門，門框圍出一幅青綠景象，引得烏娜想趕緊出去瞧一瞧。

「妳醒啦！」有個聲音從門外跑進來。

「妳是那個『米兒』吧？」烏娜不確定地小聲問道，她只記得昨

晚是一隻小手攜著她進門的，而眼前這個女孩的嘴角邊上漾開兩朵小小的花兒，模樣煞是可愛。

「嗯！」米兒點點頭，「我們正好要去聽布萊吹笛呢，妳要一起來嗎？」

烏娜點點頭欣然同意，她身手俐落地溜下臥鋪跟著米兒往外走，正要跨出門檻時忽然瞥見門的另一側牆上掛著幾件東西，樣子都很相像，一根長木棍，尾端是鐵器，自己帶來的那一副弓箭不知道什麼時候也被掛上牆，烏娜於是拿「箭」對照著看，因此推想那些東西應該也是「獵具」，唯一叫烏娜想不透的是：獵什麼動物呢？

不過，對於獵具和獵物的疑惑已在跨出門檻之後消失無蹤，因為才一出門，烏娜就被一覽無遺的風光吸引住了！

說是一覽無遺，並非空間侷限，相反的，無垠的連綿全是綠，像海浪一般，放開了眼，整幅圖畫便自動拉到眼跟前來，清晰無比，跟

自己村落的攀山而踞的高低參差又互遮互掩多麼不同啊！

而近處是屋舍比鄰，烏娜環顧一周，原來那棵聳天的大樹就座落中央的空地上，樹身雖高，枝幹卻非錯綜盤結，那姿態很像人的手掌張開一樣，濃密的葉片大部分聚在枝幹末梢。

手掌樹底下，一群孩子正興高采烈地圍著那個盲眼男孩。

「原來他叫布萊啊！」烏娜低語，名字雖是初次聽到，人的模樣卻好像已經認識了挺久似的。

「是啊！」米兒在一旁接腔，「他的鳥笛吹得好棒喔！」

烏娜隨著米兒慢慢靠近孩子群，此時是正面看著布萊，那兩個濁白的眼球在陽光下忽溜忽溜的，臉部肌肉被身旁孩子們的笑聲牽動著，就連初來乍到的烏娜也被拉進歡樂的圓圈裡。

「吹嘛！吹嘛！」

「誰要來唱歌呢？」

「安靜！安靜！這麼吵怎麼聽得到？」米兒叉著腰說話。

等到孩子們的七嘴八舌漸漸落定之後，布萊兩手執起一支短木管兒擱在噘起的嘴唇上，大夥兒便忽然聽見一隻鳥在樹枝上開了嗓！

孩子們的頭全部後仰！耳朵拉尖了，眼睛也睜亮，看起來每個人都想搶先從枝葉裡發現啼鳥的蹤影！

忽然又飛來了一隻、再一隻，傾刻間，整棵樹棲滿了鳥兒，吱吱、啁啁、啾啾，那令人愉悅的歌聲裡，像在奔相走告一個好消息。

「哪！這是在歡迎妳喔！」米兒突然拉了拉烏娜的手，附在她的耳旁說著。

「真的？」烏娜驚喜得不知所措。

歌聲方歇，樹葉間突然竄出一團撲翅向天的鳥群，如同烏娜心上那股受到接納而綻放的心花。

「哇！」烏娜忍不住歡呼。

「好棒吧！布萊還可以用笛聲跟鳥兒說話呢！」米兒露出欣羨的眼神。

這個布萊原來不兇嘛，烏娜瞅了盲眼男孩一眼，好像也不會難以親近吧，瞧這些女孩兒們都這麼喜歡他！

女孩兒？

烏娜突然心頭一震！眼前除了布萊，怎麼其餘都是女孩兒！

於是烏娜再次仔仔細細地看過每一張快樂的小臉龐，十來個孩子，個頭不齊，從模樣來看，年紀應該都比米兒小。

「奇怪？怎麼這兒全都是女孩兒？」烏娜不自覺讓心思溜出了嘴。

「妳說得沒錯！」

一個嘶啞的老者聲音從烏娜身後傳來，這聲音，烏娜記得的，是那個「拾嬰」老人！

「這些孩子全是我撿回來的。」老人說。

23 身世之謎

手掌樹下，盲眼男孩布萊吹著鳥笛，笛音此起彼落彷彿群鳥來棲，惹得一群孩子們驚喜又興奮地仰頭想在樹葉之間尋找鳥影，那歡欣的氣氛，讓一旁的烏娜不禁也跟孩子們一起享受。

直到烏娜猛然驚覺：眼前這一群孩子，竟然全是女娃兒！

而拾嬰老人悠悠說出的一句話更讓烏娜吃驚不已。

「撿來的？」烏娜目瞪口呆地望著老人。

「那情形妳親眼見過的，我是在荒原撿到嬰兒，然後我把嬰兒抱回來這裡，也就是說，她們全是被丟棄的女娃兒。」

「被人丟棄的？」

「唉，因為大家只要男孩……」老人嘆了一口氣。

烏娜立刻聯想到自己的村落，是啊！幾乎每家都只有男孩！

「可是……可是……」烏娜被某個疑點糾纏著，卻想不出怎麼開口提問！

「只有妳……」老人替她抽了線頭兒。

「對！對！」烏娜猛點頭，甚至握起兩個拳頭互相捶擊，「我一直想不通為什麼全村只有我一個女孩！」

終於找到癥結！

烏娜激動地在原地踱步，卻又想起慣受的孤單而喟嘆：「可是爸爸和媽媽什麼都沒說……」

「他們不知道如何解釋吧……」拾嬰老人似乎知道內情。

「對了！對了！我記得你說認識他們的！」烏娜從糾纏祕密的線

團裡再抽出一段線來。

「的確，是妳的爸爸決定把妳帶回村子的。」

「等等！」烏娜急問：「你是說，我也是被丟在那個荒原上？」

「是荒原，不過，是另一個荒原。」老人回答。

這叫人搞迷糊了！

烏娜有些按捺不住，老人卻是不疾不徐的，他兜開樹下那群孩子，靠著木杖支撐緩緩地坐到布萊身旁的凳子上，其餘的孩子見狀立刻蹲下，然後一個個圍坐地上，似乎早已習慣老人這些開場動作，因為接下來，一段冒險故事就要展開！

烏娜知道急不得，只好也跟著坐在地上，等待老人為她解開謎團。

「那時候啊……」老人慢悠悠走入舊日。

「我和烏娜的爸爸一起去打獵，」老人注視著烏娜說道，「我們本來不應該去那個地方的，『三階瀑』啊，地形實在太崎嶇了，村裡的老人家一直告誡我們，別去啊！千萬不能去啊！可是好奇的我們哪裡肯聽呢！」老人吞了吞口水。

烏娜不禁想著：可不是嘛！老媽媽的告誡對自己也是不管用的！若不是跑到荒原去，怎麼會有機會發現自己的身世之謎呢？

所以，離家的愧疚不過維持幾秒，烏娜依舊理直氣壯地認同自己的以身涉險。

「幸運的是，我們發現一條祕密通道！」老人跳開跋涉的歷程，直接切入謎團，「總之，我們抵達『三階瀑』最低的水塘那裡，結果發現兩隻白鳥！」

「白鳥！」孩子們忍不住驚呼。

「是啊，我們在林子裡瞥見兩隻白鳥匆匆忙忙疾飛上天，仔細一聽才發現原來還有其他獵人，我們不敢現身，等到一切沉寂下來之後才走出林子，卻在水塘邊的草叢裡找到兩個布包。」老人突然攏著布萊的肩膀同時注視烏娜，「布包裡面的嬰兒，就是布萊和烏娜。」

「喔……」孩子們又是一聲驚呼，臉上的訝異說著：原來這是真實的故事啊！

「我是被丟棄的？可是……可是……」烏娜還有疑問：「我在那裡……布萊在這裡……」

「妳的爸爸不顧村人異樣的眼光，堅持要留下來，我卻想帶著布萊離開，因為其他的男孩總是嘲笑眼盲的布萊既不能捕魚也不能打獵……」老人又把布萊的肩頭攏得更緊一些，露出無限疼惜。

「原來如此……」烏娜肩頭和心頭同時垂落，以為已經受夠了的孤單竟然是爸爸執意留下自己而造成的！而且，原來爸爸和媽媽一直默默替自己分肩扛著！

烏娜此刻心裡的滋味很複雜，所有埋怨和不解全在一瞬間浮升、混雜、翻攪，然後，漸漸趨於煙消雲散。

一旁聽故事聽得興味盎然的孩子們跟著靜默下來，似乎也都感受到烏娜和布萊的身世傷情。

「這些女孩們……又是怎麼……」烏娜再問。

「後來，我帶布萊尋到這塊地住下，沒再去『三階瀑』那兒啦，有一次偷偷回到村子，卻在懸崖邊的荒原撞見惡人棄嬰的勾當！十幾年來，遇上多少就撿回多少，」老人嘆了口氣，「至於沒遇上的，唉……」

沒遇上的？

烏娜不敢想像，看著眼前一張張稚嫩的表情，從大大小小的個頭向後倒數歲月，一年又一年，然後數到自己和布萊的那一年，這十幾年來，除了眼前這些被拾嬰老人撿到的，還有多少消失的嬰兒？

24 白鳥有訊

被丟棄的？被撿到的？

烏娜心裡覺得酸酸的，因為自己以及這些孩子們的遭遇！

這麼多年過去，雖然孤單的心一直無法安定下來，卻也強烈感受到爸爸和媽媽濃郁的親情和滿溢的疼愛，比較起來，這些女孩們和布萊豈止孤單呢！

全怪惡人的壞心腸！

正當烏娜由頹喪轉為激憤時，耕地之上的天相也由寧謐轉為悶躁。只見布萊猛然抽出鳥笛抵在唇舌間吹鳴，片刻之後又突然呆默下來，只剩眼球溜溜轉動。

「白鳥即將飛來，」布萊豎起耳尖，像是同步複誦著某人的話，「白鳥即將啣子飛來……」

其他孩子也像聆聽重要大事一般，心事重重地相視無言。

「白鳥飛來？」只有烏娜完全不知內情。

「送子鳥，他們是把嬰兒送給人間的信使。」拾嬰老人依然面色凝重，「不過，很有可能又多出一個被遺棄的孩子……」

「有船……有船接近……」布萊又斷斷續續宣布。

布萊的訊息來自何方？

烏娜起身遠眺，豎起耳朵立即追蹤，只聽見輕聲呼呼的風在手掌樹梢之上迴轉，再仰頭極目四望，隱約可見幾個黑點在逆光的背景裡，似乎就在綠野的邊緣盤旋。

「布萊能聽鳥語，」拾嬰老人在烏娜身後說道，「只要他聽見訊息，我們就要趕緊出發，若一天之內沒有發現嬰兒，恐怕就凶多吉少了。」

「去荒原？」烏娜總算跟上大夥兒的心思和意向。

「不是……是一個有三階瀑布的地方。」布萊又凝神傾聽。

「瀑布？」拾嬰老人面色更加嚴肅了，「莫非真是那

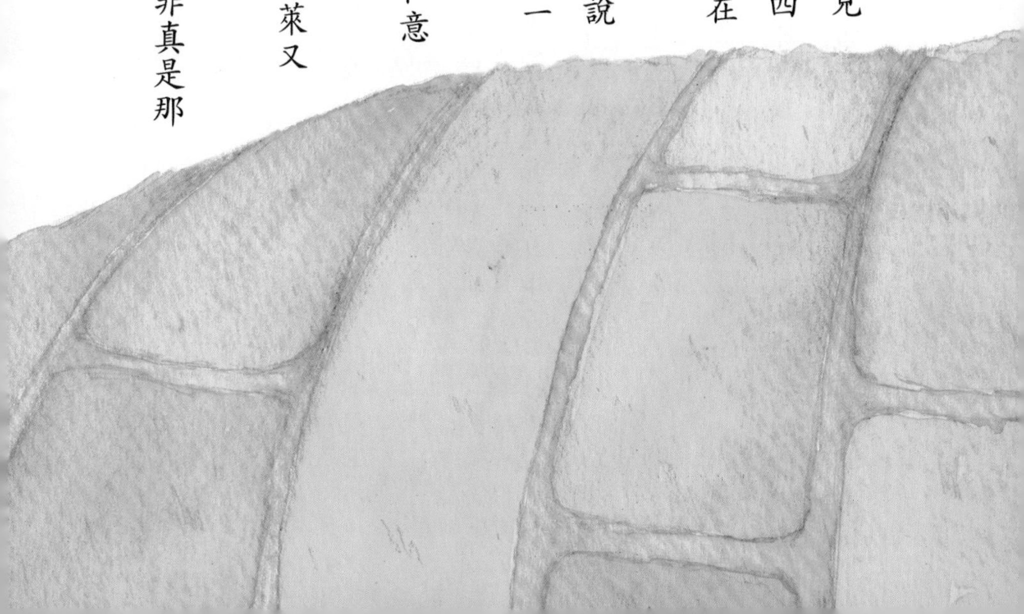

個……」

「三階瀑！」烏娜突然靈光一閃接了口，「我和布萊在那裡……」

「沒錯，就是當年妳和布萊被丟棄的地方。」拾嬰老人說，「至於說『有船』嘛……」

拾嬰老人陷入沉思，所有女孩也陪著眉頭糾結，這可是她們第一次見到老人如此！往常接到白鳥飛來的訊息，老人總是立即動身出發，然後撿回一個女嬰，儘管這次多帶了一個已經長大的「烏娜」，老人仍然欣喜接納，可是怎麼一說到「三階瀑」，老人就有猶豫之色而且裹足不前呢？

「船從海上來……」老人撐起木杖緩緩起身，跟著便在手掌樹下踱著圈兒，甚至喃喃自語起來，「陸上腳程大概得花三、四天，人一多或許多耽擱一兩天……唉……人若愛做惡，怎麼與他鬥？」

女孩們目瞪口呆地瞧著老人，誰也插不上一句話。

烏娜也悶著，只能四處張望，村子的屋舍看來是環繞著手掌樹向外延伸，烏娜這會兒才看清楚，近處的綠色原來一凸一凹的分明，是什麼呢？

「米兒啊，那些是什麼呢？」於是烏娜拉著米兒問道。

「那些是我們的食物呢！」

「能吃進肚子裡啊？」

烏娜無法理解，她吃過海裡游的、森林裡跑的，或者像莓果那樣樹上長的，就是沒吃過這些埋在土裡的！

禁不住好奇，烏娜趨近田地仔細瞧，有剛從鬆泥裡竄出來的小白苗，有細如線的，有捲成花苞樣兒的，有一顆一顆倒掛的，紫的、紅的、綠的，再過去則是一整片的，跟烏娜個頭一般的高莖，左一綹右一綹地冒出一撮黃鬚。

「這些都能吃啊？」烏娜咂咂舌。

「當然！」米兒回答，「這些可都是鳥兒們啣來的禮物喔。」

「禮物？」

「就是種籽啊。」米兒拉著烏娜走向一塊新翻的土隴，然後蹲下身徒手挖開一個小坑，「妳瞧，種籽躺在裡面，蓋上泥土，給它澆水，慢慢地，很多天之後，這裡就會長滿翠綠的青葉，這一塊可是我負責的喲！」米兒仰著頭，一口氣講了許多，她的眼眸晶亮，小臉蛋兒上閃爍著燦爛而動人的快樂。

「妳負責？」

「是啊，我們每個人都有工作，就是種這些東西，才可以養活自己，還有我們大家。」

「我懂了……」烏娜點點頭，既欣羨又悵然的感覺油然而生，年紀比自己小的米兒都能這麼有勁兒地做事，自己卻從來沒有過什麼像樣的活兒可以忙碌，更別提還能從中獲得快樂與滿足！

埋在泥土裡的「種籽」幾時會冒出來呢？

烏娜也蹲下身，兩眼直愣愣地盯著米兒動手又填了那個小坑，剎時感覺自己胸口上突然有一股什麼澎湃起來，一時之間無法確定，就好像自己心田上也埋著什麼種籽，如今蠢蠢欲動，或許也必須再等待一些時日，就能從泥土裡竄出來吧？

25 玩伴

對於烏娜來說，原來「田字島」只存在四方之一，因為她被侷限在自己的村子裡！

烏娜一直相信世界落於大海之外，那兒是一片無垠又無法可及的存在。因為她既不能出海捕魚又不能上山狩獵，唯有在東南嶼的無人地帶探險，漫遊遂成了觀看天地的理由，並且讓她享受自在。

直到跟著拾嬰老人和盲眼男孩布萊進入島的肚腹，通過「十字天」，然後迂迴抵達東北嶼的「又一村」，遇見了這一片化外耕地。

「我也想幫忙！」烏娜衝口說出。

「當然好啊！」米兒仰頭笑迎烏娜的好意，「我現在就帶妳去摘包穀。」米兒興高采烈地拉起烏娜的手，走向一片綠色的高莖叢林。

進入高莖叢林之後，米兒突然邁開腳步直往裡頭鑽，只見她的影子東岔西閃，一會兒便不聞聲響。

「米兒！」烏娜喊著，「米兒，妳快出來！」

雖然又落了單，此刻的烏娜並不覺得孤單，腦袋裡猛地閃過一個靈光，翹高的唇角也應和著眉開眼笑，她立即閉口噤聲同時躡手躡腳地慢慢前進。

「這可難不倒我！」烏娜心裡篤定地摸索而行，「我在森林裡能藏上一整天的！」

只見烏娜身手俐落趴伏在地，彷彿回到自己的森林！她匍匐前進，手掌感應地上的動靜，以耳目之線為界，雙目逡巡前方，兩耳監聽後方，她慢慢地、仔細地搜尋，終於在不遠處的高莖叢裡發現一個

蹲低的黑影。她本來想再繞遠一些，從反方向撲進，卻又怕嚇著小米兒，烏娜於是弄出聲響做為預警，然後虛張聲勢，竄出張牙舞爪的身形。

「抓到妳啦！」

「哇！」米兒尖叫又驚呼，可是神情沒有恐懼，而是笑盈盈的興奮。

「妳可真會躲喲！」烏娜故意露出辛苦尋人的疲累。

「好玩嘛！」米兒喘呵呵地說，「我們常常這樣玩呢！」

原來有玩伴就是這樣啊！

烏娜笑顏逐開，心懷裡蕩漾著快樂。

「來吧，我們還有工作呢。」米兒拉起烏娜往回走，兩人走在兩排高莖之間，又回到接近手掌樹邊緣這一頭。

「先找到這樣的綠苞，」米兒指著高莖上一個吐著細鬚的大綠苞兒，然後以兩手捧住，「感覺一下？」

烏娜照著做，雙掌合握，聞到外面的包覆層透出青澀味，觸感是生硬而扎手，再繼續握緊些便能摸出一種鼓鼓的豐滿。

「好像有一顆一顆的？」烏娜驚奇地問。

「哪，妳瞧！」米兒從吐鬚那頭揭開一小截，「妳說對了，就是這樣一顆一顆、一排一排的。」

「哇！」烏娜瞪大眼睛、張大嘴巴望著綠苞兒裡的金黃顆粒，「好可愛，這是什麼？這也能吃啊？」

「嗯！這叫『包穀』，」米兒猛點頭，還舔著舌唇，「香香甜甜的！來，我們摘下幾根，回去我煮給妳吃。」

於是米兒又仔細教導烏娜摘採「包穀」的方法，不一會兒，兩個人便各自捧了一堆「包穀」疊在胸前，搖搖晃晃地走向手掌樹。

26 啣命之箭

手掌樹下，拾嬰老人和布萊看起來正在交談，女孩們各自結伴在空地上玩耍，有蹦蹦跳跳的，有蹲在地上拿細枝在泥地上勾勾畫畫的，有穿梭奔跑的，也有的只是拍著小手掌笑哈哈。

玩伴就是這樣子吧？

烏娜心裡還怦怦跳著興奮，因為剛才和米兒一躲一抓的遊戲讓她初次領略了「玩耍」的樂趣，而且是有伴兒的！不是跟森林裡的樹和花或者蟲和獸，是跟自己一樣的「女孩」！

儘管沉浸在前所未有的快樂感受裡，烏娜仍然發覺到拾嬰老人臉上的憂戚以及布萊舉止之間的緊繃。

「米兒帶我去摘了『包穀』。」烏娜不知道應該說些什麼，所以如實敘述行蹤。

「嗯……」拾嬰老人點點頭，有些話還含在口中。

「時候到了。」布萊倒是明說。

「什麼『時候』？」烏娜不明就裡，直覺以為自己要被驅趕出村，因此心急地問：「你們要趕我走了嗎？」

「不是，」布萊偏頭聽音尋著烏娜的位置，然後將臉對著她說：「我希望妳能跟我們一起去。」

「一起去哪裡？」

「三階瀑。」拾嬰老人說。

「三階瀑？」

布萊和拾嬰老人同時點頭，烏娜有些受寵若驚的感覺，但是對於此行目的卻是毫無頭緒。

「這一趟路對布萊來說完全陌生，」拾嬰老人說，「所以他需要妳幫忙。」

原來，要我照顧布萊啊？烏娜心裡嘀咕起來。

「不！不是要妳照顧我，」布萊駁斥地說，「妳當我的眼睛！」怎麼布萊除了能讀鳥語，他還能「看」透人心嗎？可是他明明就眼盲啊？烏娜皺眉瞪眼，把臉湊近布萊端詳著。

「我知道妳在我眼前晃。」布萊平靜地說。

「黑影！我說過了，我能感覺黑影的晃動，如此而已！再遠一些，只剩下光，白茫茫的光……」布萊的神態卻是落入頹喪。

烏娜可以感受到一種無能為力的扼腕情緒，好比自己曾經生活在一個沒人需要你的村子裡，不管狩獵或捕魚，就是無法參與！

「不過，妳仍然必須知道我們此行目的以及計畫。」拾嬰老人的語氣嚴肅。

於是拾嬰老人敘述白鳥、捕鳥人、販嬰船、搶嬰盜、棄嬰犯……

所有人物在烏娜眼前快閃，而且都是一臉的惡人凶相，彷彿一張密實的蜘蛛網正等著蟲兒誤闖，那麼，拾嬰老人和盲眼布萊再加上自己，會不會是自投羅網？

這可不行！烏娜瞬間臉色大變！

「武器！」烏娜一個跳躍，「一定要帶武器！」

烏娜突然想起什麼，急忙轉身衝向米兒的房子，再衝出時，多了一副弓箭抓在手上。

「你們的武器呢？」烏娜氣喘吁吁問道。

拾嬰老人和布萊同時攤開手，什麼？一個手拄木杖，一個手拿短笛，這怎麼是準備對付惡人的行裝？

「對了！那些獵具！」烏娜突然有了靈感，「掛在米兒家牆上的那些！那些綁著鐵器的長棍子啊！」

「綁著鐵器的長棍子？」拾嬰老人愣了一下，「喔，妳是說那些啊……」

「好像也行喔！」布萊咧嘴而笑，「不過，那些拿來耕地比較合適。」

「耕地？」烏娜無從想像。

「是的，挖地刨土、斬草除根，」拾嬰老人鄭重解釋，「那些工具對耕地非常重要，而且，我們不能以武力解決。」

「喔……」烏娜似懂非懂。

「至於妳的武器……」拾嬰老人捻鬚思考著，「先讓我瞧瞧妳的能耐。」

「沒問題！」烏娜提勁舉弓、架箭、拉弦、放箭，一氣呵成！

只見箭枝沖天而飛，越過高莖的包穀森林，然後消失！

「嗯……」拾嬰老人又是捻鬚，「勁道夠，可惜準頭差了些，我想想，怎麼讓它發揮用處……」

老人凝神思考，沒看見烏娜的反應。

可是，這話卻說得烏娜臉頰紅燙起來，為了遮掩羞赧，她趕緊跑開，沒入包穀叢林深處，一邊低頭找尋唯一的箭枝，一邊讓臉上的紅暈漸漸消褪。

雖然明知自己力有不逮，但是烏娜清楚知道，無論如何得隨身攜帶這副弓箭，一個拄杖老人和一個盲眼男孩？總之，人單勢孤！

可是，多了一個女孩又如何？

再加上一副弓箭，又有何不同？

烏娜越想越慌，直到發現箭枝竟然射中一條包穀！

「射中了！」烏娜沒來由地大呼一聲。

千里之箭總有落地之隅！

無論如何，一支箭有一支箭的用處，一個女孩當然有一個女孩的力量！

想到這裡，烏娜心裡油然滋生前進的動能，她伸手想從包穀上拔出箭枝，卻發現箭枝著力極深，徒手搖晃幾下之後，索性連同包穀一起摘下。

「三階瀑，等著我。」烏娜腦中只盤旋這個念頭。

捧著包穀插箭枝，烏娜的腳步漸漸走得踏實，內心也不再倉皇。

第四部　攔截送子鳥

27 海上捕鳥

天色漸亮，胖佬的船上已經開始忙亂。

嚴格說起來，忙亂的，其實只有胖佬自己一人，特別是那張叨叨不停的嘴巴，咒罵天氣，責怪海浪，害得他一個圓滾滾的身體老是沒辦法在船板上安定下來。

儘管海上之苦無異於平常，但是對於胖佬的販嬰生意而言，這一回的截擊行動卻是大不相同，因為多了「追蹤器」幫忙。

為了追鳥，船上每條壯碩的大漢都不敢稍喘，何況有胖佬像隻惡獸隨伺咬人地咆哮一旁。

「左弦那個爆黑牙的，你！就是你！用力！別讓船身又斜了！」胖佬一隻短肥的手指亂指亂點，「還有你！別讓我看見你又偷懶！休想我打賞！」不是無端責怪就是仗著餵人銀兩。

左右兩排槳手鼓凸的臉孔，一半是因為划槳吃力而臉孔扭曲，一半因為默默囤積著對胖佬的怨氣。

而此時「膽敢」窩在船艙內的，唯有黑面副箭手。

「說什麼那玩意兒叫『追蹤器』，而這個發亮的光點又怎會是白鳥呢？」黑面副箭手因為眼痠皺起眉頭。

自從離開上一個補給港之後，黑面副箭手便盯著一個黑底方框，他的眼睛不敢稍離，因為這是胖佬交代的！他瞪著方框上那個小亮點一閃一閃的，少說也有兩個晝夜了，胖佬說，跟緊亮點就能逮到白鳥，可是船身東搖西晃，讓他直想把自己丟入大海的嘴巴，省得自個兒掏翻了肚腸，那模樣一定難看！

總之，他很懷疑這一次襲鳥搶嬰跟上一次甚至更早之前的無數次有何不同。天曉得胖佬既興奮又暴躁個什麼道理！

因為窩在船艙而不見天光，黑面副箭手的愁容更形黯淡，但也只能捧著翻攪如浪的腹內水渦繼續搖盪。

「鳥……影子咧……」

隔著船板傳來天外的呼喊，是桅杆上的哨眼！

黑面副箭手起身衝出船艙，無奈久處於暗室的雙眼自動緊緊閉闔，讓他只能抬起一張空白的臉向天仰。

「追到了！」是胖佬，口氣中透露出滿意，「使勁！快划！」

胖佬的聲音才灌入耳中，黑面副箭手勉強睜開黏合的眼皮，就怕成了被轟罵的新標靶。

沒想到胖佬自顧自的，興奮地來來回回在兩側船弦發號施令，乍

看真像個滾球一般。

「快！快搶風調向！右側！」胖佬又急忙趕到舵輪邊，雙手揮舞，好像是他在操控一般，只不過他的架勢輕鬆，因為根本沒使上半點力氣。

而那個掌舵輪的大漢卻是跨開了一個大步，以全部身手的力量穩住舵輪，兩隻赤裸裸的手臂爆出筋脈，還擰出一把濕汗閃閃發亮。右側的一排槳手跳出兩名去幫忙拉帆轉向，好讓船身乘風行駛。

現在，風推船尾，如同巨人猛然出手，船身一下子飛躍起來，像騰浪而行的海豚，追逐浪花之上的掠影。

「追上了！」胖佬仰頭朝著天空發笑。

而天上的飛影就在船首與海平面交接處。

「真的能追鳥……」黑面副箭手目瞳失焦地望著天空，眼內空盪盪，心頭上同時也被挖出一個大洞，深深的、暗暗的，那兒正不斷塌

陷，形成一股吸力，猛拖著五臟六腑往下掉。

「你瞧！」胖佬仍然眉開眼笑，「我估計，日正當中就能抵達！」胖佬撫捏著下巴的一掛橫肉盤算著。

天上的黑影此時已經變成目視可辨的白鳥。

黑面副箭手突然左捧肚、右摀口，先是杵著不動，隨即衝向左側船弦，撞翻了一個槳手之後，將自己掛在舷緣之上，朝著海水吐得唏哩嘩啦。

「架網！」胖佬尖聲喝令。

傾刻間，另一片黑影瀰天而來，是從兩個哨板拋擲墜下，在前桅杆與主桅杆之間攤開一張繩網。

「舉網！」

原來雙桅各自鬆捆著一根長桿，繩網就綁在此桿上，長桿底部繞綁一條粗纜，這條粗纜沿著桅杆向上環繞頂部的滑輪然後垂下，此刻

正由兩個魁梧大漢合力抓握著。當兩個大漢合力下拉，兩支長桿便會倚靠桅杆慢慢升高，直到長桿完全突出於桅杆之頂，再將粗纜綁在船舷側緣的繫纜墩固定。

於是，用來捕捉白鳥的一張大網高高舉向空中。

僅剩一個船身，就等下一波巨人的掌風掀浪。

胖佬無語仰望卻焦躁地摩拳擦掌，槳手們戮力而划卻不敢做聲，只能咬牙切齒使勁。

原先負責升網的大漢，改執利斧瞄準繫纜墩上的粗纜，另外兩個首次上船的船員，也就是糊鬍捕鳥人和提簍捕鳥人，守在網下，準備捕接被大網攔下的白鳥。

風來拍帆！

船身驟然被推上浪頂，那面大網像人身蹦躍加上高高舉起的手掌，猛然使出一個擒拿！

「砍！」胖佬嘶吼。

兩把利斧重重砍斷粗纜，長桿轟然下墜撞擊船板，船身幾乎在同一時間承受巨大的沉與浮，好比被大海的嘴巴吞了又吐一般。

「抓住！」胖佬又吼。

兩名捕鳥人應聲而動，急忙伸手探尋，一個摸著白鳥羽翼之尖，一個打算揪住白鳥垂懸的細腳，兩個捕鳥人毫不遲疑地衝向同一隻白鳥，卻忘了從天而降的，還有一張大網！

啪！大網纏住兩個捕鳥人。啪啪！啪啪！白鳥奮力掙脫，乘著風的漩渦甩開身後一堆詫異和狠話。

「笨蛋！笨蛋！」胖佬咒罵。

「是……是他！」糊鬍捕鳥人諉過給提簍的。

「不……是他！」提簍捕鳥人當然不服氣地反咬糊鬍的。

「笨蛋！笨蛋！兩個笨蛋！」胖佬咬牙噴氣，眼見兩個醜形互咬，更是全身震怒，不停在甲板上走來轉去。

「您放心……」糊翻捕鳥人試圖緩局，哈腰躬身笑著說：「我保證！登陸，上了陸地我就能施展身手！去『三階瀑』！我一定能捉到白鳥！」

「三階瀑？」胖佬瞟了一眼，「若去哪裡，我還用得著你嗎！」

「當然！當然！」糊翻捕鳥人露出一臉畏縮相，「可是我經驗豐富，十拿九穩，這一次因為是在海上，搖搖晃晃的……」

「這倒是！」胖佬心裡又想：「船上幹活就是不穩當，人不好掌控不說，只能任由海浪擺佈，甚至連自己想好好站著都難！」

「好吧！」胖佬應允了，「但是得照當初說好的，酬勞減半。」

「是是是……」糊翻捕鳥人不停欠身鞠躬，心裡卻捻起一絲異念，是跟嘴上答諾不同的盤算。

28 重返三階瀑

為什麼攔天的大網無法擒拿白鳥？

「買賣飛了！」胖佬啐了一口。

眼睜睜看著白鳥飛遠，胖佬從不敢置信到怒火中燒，一向沒有差池的生財之道，最近怎麼老是出岔！胖佬瞅著糊翳捕鳥人哼了一聲，他心裡想著：誰不知道你心眼壞，只圖賞金罷！再瞧瞧這群不管用的傢伙，蠻力有，巧勁無，看來還是只能靠我的老搭檔！

胖佬這才突然想起，怎麼不見副箭手的影子？

原來稍早之前，當胖佬和所有船員因捕鳥忙亂之時，黑面副箭手

肚腹如浪翻，所以一直俯身掛在船舷邊緣，對著大海不停嘔吐，把上船之後的所有飲食全倒進浪潮，甚至把全身的鬱積和悶怨也一併清光。等到他轉了身，用粗手大掌抹乾嘴角和臉頰邊被風洩漏的難堪時，才驚覺態勢走了樣，船上氣氛詭異，胖佬面目如狼，自然也就沒有船員敢於甲板上無事閒晃。

「你上哪去啦！」胖佬沒好氣地問。

「我……」黑面副箭手抹著嘴支支吾吾，「沒事……鳥呢？」

「飛了！」

「沒抓到啊……」這個結果竟然讓黑面副箭手鬆了一口氣！

「非抓不可！好！就去那個地方！」胖佬突然大吼，伸手指向海平面，是太陽打算落沉的彼方。

一聽到指令，掌舵輪的不敢稍慢，小幅慢慢調轉，讓船頭找對方向，兩個大漢趕忙收拾掛網的長桿，緊靠桅杆捆牢了，然後拉繩微調前帆和主帆，左右船舷的槳手們再度噤聲操槳。

船首又轉了向，船身於是再度急搖猛晃。

這艘一無所獲的船再度陷入販嬰買賣的晦暗漩渦，每個人只想著白鳥等於酬金、嬰兒等於打賞，每一對充滿利欲的眼睛射出凶光，每一個肢體躁動不停。

唯一看來置身事外的，是黑面副箭手！原本一張瘦黑愁容竟然展露雨過天青般的輕鬆和明亮。

「可惡！」胖佬朝腳邊又射了一灘唾液，「看來還是得去『三階瀑』！」

「嗯……」黑面副箭手沉吟不語，瞬間，腦中記憶被一隻白鳥振翅揪回到一塘罪惡的源頭。就從彼處、彼時起，黑面副箭手甘願變成胖佬的奴隸，不！更貼切地說，是他囚禁了良知，孰料良知卻給自己架上更沉重的枷鎖。

幸好！黑面副箭手暗暗慶幸想著：在吐光所有悶鬱的此時此刻，我終於找回自己的真心真意！

「好，是該去那裡……」黑面副箭手內心篤定，他終於知道下一步該做什麼，不為胖佬，是為自己！

29 水簾密洞

走陸路的，是拾嬰老人帶著布萊和烏娜。

凌晨時分，他們離開「又一村」，再度進入「十字天」之下，四周雖然黑暗，抬頭仰望仍然可以發現兩片筆直交岔的崖壁狹縫中洩下微曦的天光，這團氤氳混合著天霧和地氣，反而明明白白顯現崖壁將田字島分成四個裂嶼，鳥瞰之下，可見四個分鋸而獨立的小島，其實島腹底部藏有互通的十字隘口以及天然棧道。

這一組棧道本來只有拾嬰老人和布萊知道，現在則多了一個烏娜。

他們三人由十字隘口朝向田字島的西北嶼前進。拾嬰老人憑著記憶尋路，那是一條祕密通道，同樣藏在島腹裡，相較於從十字隘口通往烏娜居住的東南嶼，這個洞穴位居低處，所以少了險峻，只是較深而窄，也由於接近島腹另一面的水塘，穴石濕滑。

「小心，慢慢來。」烏娜小心翼翼地試探腳步。

「我很好。」布萊其實已經習慣摸索。

烏娜不敢大意，伸出手臂引導布萊前進，儘管兩人沉穩跨步，彼此卻可以感受到對方正壓抑著緊張。因為據拾嬰老人所言，十三年前，他和烏娜的爸爸在「三階瀑」的下塘撿到布萊和烏娜，自此兩個孩子人生殊途，一個孤單，一個眼盲，全因為白鳥送子之旅未竟，全因為惡人半路阻攔！

「咱們就一鼓作氣，到了那兒再歇息。」拾嬰老人說出決定。

「好！」烏娜應聲，她見到布萊也點了頭。

於是三人便在闃黑而潮濕的洞穴裡小心前進，沒有交談。

直到洞內盪起極微弱的轟鳴。

「聽！」布萊小聲提醒。

「嗯，那是水聲，是瀑布。」拾嬰老人的話語裡也出現一些共鳴的顫音。顫抖？因為重返舊地？還是擔憂往事再現？烏娜暗暗揣想，不知不覺將腳步放慢，不料時空頓時消失，腦中陷入一片空白，不知身在何方，不知所為何來，只剩雙瞳還極力轉動著，試圖撞破一層深不可測的薄霧光牆。

那一片薄霧光牆正是水瀑吸納晨曦而成，有水氣之霧，有天光之亮，導致烏娜眼內產生幻象，幸好越接近水瀑之後，眼睛漸漸適應了光亮，透過水流間隙，烏娜終於能隱約見到外面的具象，感官與心思得以再度聯繫。

「快到洞口了吧？」布萊拉住烏娜的手臂問道，同時拉回烏娜的心神。

「沒錯。」拾嬰老人語氣謹慎起來。

拾嬰老人在洞口附近找到一處適合伏低藏匿的石塊，隨後以手示意讓烏娜和布萊守在該處，自己則移至洞口另一側蹲踞。

洞外之天已放亮，布萊的盲眼循光而轉，一旁的烏娜伏低身體，啟動伺敵而動的機靈。

「從現在開始，不能出聲。」拾嬰老人提醒。

烏娜點頭回應，水瀑如遮幕，此刻她和身旁的布萊一樣，眼開若盲，所以她只能豎耳傾聽，起先只有水瀑聲響灌耳，慢慢地，心緒沉澱之後，那一道水簾子好似自動撥開，心底視界隨之漸漸拓寬。

蟲鳴鳥叫，其後有風吹拂，樹葉在風中搖舞。

烏娜聽見了自己熟悉的森林，就在「三階瀑」的密洞之外。

30 四面埋伏

另一方面，從水路抵達的有胖佬、黑面副箭手、糊鬍捕鳥人、提簍捕鳥人以及一群傭勞，人數之多可見胖佬勢在必得的決心。

不像十三年前必須穿山繞路，曠日廢時，這一次，胖佬的船直抵田字島西北嶼懸崖下。因為這一群傭勞的最大本事，除了操槳行船就是釘岩造路，再陡直的懸崖也難不倒他們。

首先，由兩名身手輕盈矯健的傭勞攀岩打釘，他們以手腳試探裂隙，固定自己身軀之後取出背包中的釘與鎚，在兩人之間的崖壁找尋合適的下釘位置，如此慢慢登上崖頂，同時完成兩行固定樁。

第二批也是兩人，各扛一捆粗繩，各自將手中的粗繩繞綁於固定樁釘，然後將繩拋給對方交叉串連成為雙股橫索，如此慢慢結繩串梯，繩梯完成，登頂人數已經增為四人。

接下來，除了留守的兩名船員，胖佬、黑面副箭手、糊鬍捕鳥人、提簍捕鳥人以及其餘傭勞即可藉由繩梯之助輕鬆登頂。

「這兒……這兒怎麼跟上一次那個荒原好像？」提簍捕鳥人第一個開口。

「喔……」糊鬍捕鳥人隨即抬眼四望。

「沒錯，懸崖邊這片荒原幾乎一模一樣。」胖佬卻是一點也不覺驚訝，「再往前走就不同了！」

按下因為攀崖而氣喘吁吁的心口，胖佬不想耽擱，他回頭瞪著還在原處張望的其他人吆喝：「少囉唆，趕路！」

果然，穿越荒原之後，眾人可以立刻感覺到腳下土地的溫度變濕、變寒，野草乾黃的景象被叢生的枝狀地衣取代，由稀疏至密佈，延伸到一處斜坡之下，斜坡上嶙峋的硬石間冒出鱗狀地衣，一行人不得不趴伏手腳以降低重心。

登上斜坡之後，展開更廣闊的一片地衣，淡綠為底，滾上粉白，乍看猶如一片雪層，這樣的錯覺讓一行人小心翼翼地抬腳落地，深怕滑跤，相反地，地衣之間的泥土濕軟，一行人必須濘泥而行，因此，濯濯漉漉聲嘈雜地迴盪在空曠的地衣平原之上。

一直到森林邊緣，高聳的林木枝葉才吸納了腳步聲響。然而，靜謐中有另外一團紊亂的節奏隨之而起，那是眾人的喘息。

「水塘快到了，」胖佬的呼吸尤其急促，「接下來，你們都給我機警點，照我的計畫做！」

胖佬已經在船上分派任務，只見他以手指比畫幾個方向，眾人立即分散各自取道，胖佬和黑面副箭手這一次親自聯手，糊翡捕鳥人與提簍捕鳥人一路，其餘再分為兩組。

傾刻間，一行人已經銷聲匿跡，林木也無語，森林的寧謐增添了詭異，似乎只剩淙淙的水瀑一無所悉，自顧自地唱著奔放的旋律。

31 鳥軍捲天

三階水瀑從山頂直洩而下，因為地形轉折形成三個水潭，由於水勢強弱有別，最低處的下塘淺而寬，裸石平鋪，水流潺潺，所以常有鳥群至此棲息，啜水、吃魚、洗浴、理毛。

對於白鳥們千里迢迢的送子之旅而言，此地偏僻，人跡罕至，更是合適的休憩站。此刻，靜謐如常的水塘，有幾片落葉漂浮其上，隨著水流漩渦打轉；踩在水面行走的水黽無視水勢，四平八穩地等待捕食落水的昆蟲。

水簾密洞裡，拾嬰老人執杖起身，招手示意烏娜與布萊準備，然後從腰間解下一個小布包。

「這個給妳！」拾嬰老人將小布包遞給烏娜，「妳將它繫在箭的末端，然後用力朝天射去！」

「射天？」烏娜驚愕地問。

凡射必有物，少了目標，弓與弦為何對峙？箭頭如何化做銳利的眼？最要緊的是，烏娜沒辦法估算自己該出多少力氣，才能讓飛箭像隻山鷹，一攫而中，何況，烏娜只有一支箭啊！

拾嬰老人見烏娜呆愣不動，索性親自將小布包綁在箭梢，然後搭箭上弓。

「聽我的。」拾嬰老人開始觀察洞外情勢。「現在，妳站到洞口去，布萊，你也是。」

於是洞口兩側，布萊手拿烏笛近唇，烏娜持弓踞立，儘管左手臂還貼著身體暫時休憩，右手則是早早搭住箭翎不敢大意。

周遭仍然靜謐無聲，然而，對於拾嬰老人來說，林木和蟲獸的動靜以及瀑布的涓流，全是靜謐之下一直存在的背景聲音，他必須過濾出非尋常的雜沓，那是他長久以來必須避開的人語和腳步。

下塘之外，四路埋伏也漸漸縮小包圍圈。

天際邊緣，倏忽間投擲下來一團白球，猶如被水瀑沖刷，實則漸偏漸遠，並未被流水吞沒，直到降至與第三階瀑布齊高時，形體才清楚可辨，那是一雙拍動的白翅，正搖擺鳥身尋找逆風氣流，同時抬高翼骨，展開兩翅與尾翼，準備降落下塘之畔。

箭在弦上。

網在手上。

鳥笛率先放響。

一個小布包跟著射向空中，搭風飆升，直到重量阻擋才轉為逆風

直落，小布包的繫繩藉風的阻力掙開，頓時爆開一團細霧。傾刻間，不知何處湧來的一片雜色彩雲，緊追細霧下墜。

同一時間，地面上的人網也急速縮緊逼近，林木掩蔽處衝出幾條身影，一箭加一槍，胖佬和糊鬍捕鳥人同時瞄準正在展翼減速的白鳥。

第三箭卻遲了！

那是黑面副箭手射出的！目標竟然不是白鳥，反而咬上胖佬的箭翎，剖箭穿越！勁道未減的箭枝繼續飛衝，撞擊糊鬍捕鳥人的子彈邊側，搶先替白鳥擋開子彈！

而槍箭齊發之時，埋伏林中的大漢也同時跑向下塘，持網的、提簍的，目標均是那一隻含嬰的白鳥。

可是從天而降的雜色彩雲突然分散，變成密密麻麻的鳥群吱吱喳喳，或拍翅盤旋或啄咬攻擊。幾名大漢找不到白鳥，更難敵鳥喙，只

得丟網棄簍，紛紛朝向來時路逃逸。

「回來！你們給我回來！一個也不准跑！」胖佬在森林邊緣跳腳。

「算了……」黑面副箭手平緩地說。

「你！」胖佬轉身找到發洩憤怒的目標，「你！你的箭法怎麼失了準頭！」

「因為我還暈著……」黑面副箭手隨口搪塞。

「暈？」胖佬咬牙切齒，「你真會挑時間暈船啊！可惡！」

黑面副箭手不再畏懼胖佬的指責，此刻的他輕鬆而踏實，他心裡想：離開這裡之後，就是永遠離開胖佬，也離開販嬰買賣！

呆立不遠處的糊鬍捕鳥人卻不死心。

「飛了……我的賞金飛了！」糊鬍捕鳥人望天喃喃，「沒關係，白鳥會再來！我一定要抓到……」

32 決定

「白鳥會再來嗎？」烏娜也問。

此時，拾嬰老人、布萊和烏娜已經返抵十字隘口。

「會的。」布萊回答，「牠們說：『這是任務，是延續人類生命的任務。』」

「可是很危險……」烏娜難掩憂心。

「沒辦法，」拾嬰老人面色凝重地說：「我只能搶一個算一個、撿一個算一個……」

「對了，那個小布包裝了什麼？」烏娜忽然想起。

「包穀，碾碎的包穀顆粒。」拾嬰老人終於捻鬚微笑，顯然很滿意自己的小把戲。

「包穀？所以引來鳥群？」烏娜忍不住連連點頭，除了折服，也暗暗高興自己的箭發揮用處。

「當然也得靠妳和布萊幫忙。」拾嬰老人不忘稱許。

「接下來，妳決定怎麼辦？」布萊問。

「嗯……」烏娜站在十字隘口，身體轉了一圈，把去向也思索一圈。

望著剛剛離開的西北嶼，那兒有三階瀑、密洞和下塘，自己的身世不再成謎，然而，送子的白鳥還會飛來！烏娜在心裡告訴自己：若能讓販嬰買賣再少一樁，我定要再射一箭！

「我可以隨時拜訪你們嗎？」烏娜神情篤定而輕鬆，轉向拾嬰老人和布萊再問：「也許還會帶著我的爸爸和媽媽，可以嗎？」

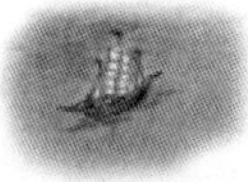

「當然可以。」拾嬰老人的眼角漾出笑意，表示歡迎。

「還有布萊，」烏娜拉起盲眼男孩的手，「我想再聽你吹烏曲。」

「我也可以教妳。」布萊以臉龐趨近眼前的黑影。

烏娜點點頭。

布萊知悉，也點點頭。

其實，烏娜的心裡浮現很多決定，一件一樁，她都想一一付諸實行，不過眼前卻有一件最重要的事：這種種遭遇要趕緊說給老爸爸和老媽媽聽！

於是，就在通往東南嶼的洞穴入口，烏娜告別拾嬰老人和布萊，她必須回家，重返那個只有男孩可以狩獵捕魚的村落，然而，一切從此改觀。

此村彼村，應該來往。

烏娜同時想起老媽媽的熱湯和米兒的包穀，猛然聽見飢腸乍響，她嚥嚥口水思忖：「就這麼辦吧，先來分享漁獲和地糧！」

名家推薦：虛擬中的真實

張子樟

作家除了藉由揭露社會的光明面與陰暗面，來深入挖掘人性外，常在自己的作品中不知不覺的透露出對某種世外桃源的嚮往。他可虛擬一個空間，描繪與現實世界截然不同的諸般現象，投射對未來美好世界嚮往的虛構想像。在奇幻文學蓬勃發展的今天，作者可揮灑的空間更加寬闊。《攔截送子鳥》的書寫就有此企圖。

故事一開始，「念粒」、「送子島」、「育子槽」等的描述就具有奇幻的味道，但又與傳說結合，難怪有人把科幻列為奇幻的一部分。實際上，讀者對

於文類的分類並不是極感興趣，他們最想要的是一個能說服他們、給他們帶來趣味與相關資訊的合理故事，一個不是過度想像的故事，且深具挖掘人性功能的好作品，作者在這些部分相當成功。

細讀之後，我們發覺，作者對故事的安排十分用心。她把當前的許多現實問題融入了文內，「棄嬰」、「殺嬰」、「販嬰」、「拾嬰」等現象仍然都存在於現實社會裡，不論國內外。這些現象並非未開發國家的特殊奇異習俗，在生育率偏低、整個台灣社會進入少子化、少女化的今天，有關嬰兒的多寡、男嬰與女嬰出生比率的失衡，都是非常引人注目的話題。作者拋出這些無法逃避的現實問題，與今人關切的世界性關懷的實況更為契合。

整篇文字形塑了特殊的虛擬空間，去驗證作者建構世外桃源的意圖。她為讀者勾勒一個可以進入探險的奇景樂園，水陸進進出出，角色不斷增多，為主角烏娜的冒險歷程添加不同的色彩。除了第一部外，烏娜擔任了故事大部分情節進展的主要敘述者，隨著她的腳步，讀者藉由她的所見所聞所思，逐漸進入故事的核心，瞭解作者想要宣揚的理念，並分辨角色的善惡。

很顯然的，作者的角色刻劃採用了奇幻文學的傳統手法：善惡立判、黑白分明的二分法，雖然其中有幾個角色有趨善去惡的傾向，例如專門買賣嬰兒的大惡人胖佬的副手黑面副箭手。這種手法在奇幻文學中十分普遍，也常為奇幻作家所樂於使用。如果作品想更上一層樓，應該考慮在黑白之間的那一大片灰色地帶多多使力。

這本作品另有一點值得討論。一般給青少年看的文本，常喜愛使用「從此過著快樂幸福的日子」（happily ever after）這種「大團圓」結局的模式，給孩子虛幻般的滿足。《攔截送子鳥》捨棄了這樣不實際的模式，給讀者一個開放的思考空間，去設想烏娜的未來，買賣嬰兒的行動要如何阻止，如何消滅那些無惡不作的歹徒，以及島上其他孩子何去何從等等難題。

如果讀者回溯神話大師坎伯（Joseph Campbell）的「追尋」（quest）歷程：啟程、啟蒙與回歸，我們發現這本書主角烏娜只經歷了啟程，啟蒙也只有在拾嬰老人那兒得到少許，回歸完全談不上。當然，作者可以不把故事說完，讓讀者充分發揮想像力，填補作者故意留下來的空白。作者的這篇作品丟給讀者去思考當前必須面對的難題。另一方面，這樣的寫法也可以說間接等於宣告這本書只是系列書的開始，我們期待可以早日讀到精彩的續集。

＊本文作者張子樟先生，曾任台東大學兒童文學研究所所長，現任台北教育大學語創系兼任教授，著有《少年小說大家讀》等書。

作者的話：窺探未來

有一首歌這麼唱：

小時候，我問媽媽：
我會變成什麼樣子？
會不會變漂亮？會不會有很多錢？
媽媽對我說：
該變怎樣就變怎樣。
未來很遠，我們看不見，

該變怎樣就變怎樣。

關於未來，一直是我和孩子之間的話題，好奇伴隨成長，審視角度跟著時間調整，生命經驗也轉折了歌曲旋律的情感。不同階段，我和孩子之間會有不同內容的討論與答案，直到契機出現，我嘗試用故事衡量。

《攔截送子鳥》因此寫成。

這個故事以「少子化」議題為主軸，揉合虛實，描繪高度（或過度）工業化之後，人類的未來景況將是如何？當生育重任不在人類「身體」，而在「意念」，假設人口嚴重失衡，老少與男女比例極度不均，民生與社會如何演進？

真實生活裡，「少子化」的影響已經慢慢浮現，線上中文《維基百科》可以查閱到相關資訊，譬如其「語源」部分寫道：

「少子化」原為日製漢語，由於日本是世界上經濟發展快速的國家之一，國家開發程度較高，社會轉型進入工商業的現象不僅明顯而廣泛，已婚家庭與生育面對緊張的工作環境時，常錯過生育的機會，並減退育兒的動機，也因此較早面臨少子化的問題，相關研究亦較為深廣，故後來逐漸遇到相同問題的中國大陸、臺灣等漢字通行區，便直接引入此外來語做為指稱。

該詞條頁面上，除了羅列少子化的原因和影響之外，對於日本和臺灣的少子化特別著墨，其中提及臺灣的少子化情形比日本較晚發生，但進程相當快速，二〇〇九年十一月第四三四期《天下雜誌》即載明：「依據美國人口資料局統計，臺灣人生育率，全球倒數第一。」地方縣市政府乃紛紛提出生育津貼，內政部更於二〇一〇年三月，以百萬獎金徵求鼓勵生育標語，刺激生育意願。

另有婦女團體指出，臺灣更大的問題是少女化，因為臺灣尚未落實「性別平權」，二○一○年十一月十二日《聯合新聞網》報導：「根據內政部資料，今年上半年出生嬰兒性別比則是一百一十・一二，也就是每一百個女嬰誕生的同時有一百一十・一二個男嬰出生。」女兒生得少，除了時代變遷下的諸多因素，「重男輕女」的傳統觀念頗有相關。

未來，是否果真受到「少子化」衝擊，導致人類社會面臨難關？

其實這未來啊，早從「過去」開始，並且從「現在」繼續演進，我們或許可以窺見「未來」一二，卻無法預測全貌，這便給了「改變」機會，也給了故事一個發端。

然而，故事總是無法說完，文字擬象有限，唯想像無垠，且讓我們一起跳躍時空，進入《攔截送子鳥》的世界，採掘蘊含，探索可能。

蘇善，寫於百年兒童節

參考資料

1.歌曲“Que Sera, Sera”(Whatever Will Be, Will Be)

http://en.wikipedia.org/wiki/Que_Sera,_Sera_(Whatever_Will_Be,_Will_Be)

2.維基百科：少子化

http://zh.wikipedia.org/zh-tw/%E5%B0%91%E5%AD%90%E5%8C%96

3.台灣人生育率，全球倒數第一

http://www.cw.com.tw/article/index.jsp?id=39374

4.男：女=110:100 台灣男性娶某難

http://www2.tku.edu.tw/~tfstnet/index.php?node=latest&content_id=243

5.去年新生兒創新低 馬：少子化成國安問題

http://udn.com/NEWS/NATIONAL/NATS6/6083508.shtml

九歌少兒書房 202

攔截送子鳥

著者	蘇善
繪者	Kai
責任編輯	鍾欣純
發行人	蔡文甫
出版發行	九歌出版社有限公司 台北市105八德路3段12巷57弄40號 電話／02-25776564・傳真／02-25789205 郵政劃撥／0112295-1
九歌文學網	www.chiuko.com.tw
印刷	晨捷印製股份有限公司
法律顧問	龍躍天律師・蕭雄淋律師・董安丹律師
初版	2011（民國100）年5月
定價	260元

書號　0170197

ISBN　978-957-444-764-0

（缺頁、破損或裝訂錯誤，請寄回本公司更換）

國家圖書館出版品預行編目資料

攔截送子鳥 / 蘇善著 ; Kai圖. -- 初版. --
臺北市 : 九歌, 民 100.05
面； 公分. -- (九歌少兒書房 ;202)
ISBN 978-957-444-764-0(平裝)

859.6 100004841